Collection initiée par Georges Décote

GUILLAUME APOLLINAIRE

Alcools

(1913)

Claude Morhange-Bégué
Maître de conférences à l'université de Paris XI

Pierre Lartigue
Professeur au lycée Marseilleveyre

Hatier

Sommaire

PREMIÈRE PARTIE 5

Problématiques essentielles

1 Apollinaire et *Alcools* ... 6
Repères biographiques ... 6
Le recueil ... 9

2 Présentation d'*Alcools* ... 10
Les poèmes d'amour ... 10
Les poèmes élégiaques ... 18
Les arts poétiques ... 27

3 Strutures d'*Alcools* ... 36
Une lecture linéaire ... 36
Une architecture cubiste ... 36
La symétrie en miroir ... 37
La circularité ... 38
Organisation interne ... 38

4 Les thèmes ... 41
La mort ... 42
La renaissance ... 55

ISBN : 978-2-401-05470-7

5 L'univers d'*Alcools* ... 64
La ville ... 64
Les hommes ... 66
Les pays ... 67
La nature ... 69
La culture ... 71
L'univers plastique et le fantastique ... 72

6 L'écriture d'*Alcools* ... 75
Images ... 75
Sonorités ... 77
Mètres et rythmes ... 81

DEUXIÈME PARTIE 85

Cinq lectures analytiques

1 *Zone* ... 86
2 *Le Pont Mirabeau* ... 95
3 *La Chanson du Mal-Aimé* ... 103
4 *Marie* ... 112
5 *Nuit rhénane* ... 120

ANNEXE 128

Bibliographie ... 128

Les indications de pages renvoient à l'édition Gallimard, coll. « Poésie ».

Édition : Christine Delage
Maquette : Tout pour plaire
Mise en page : Christiane Bourbon

PREMIÈRE PARTIE

Problématiques essentielles

1 Apollinaire et *Alcools*

REPÈRES BIOGRAPHIQUES

Une naissance romanesque

Le 26 août 1880 naît à Rome un enfant de sexe masculin que l'on déclare sous un faux nom sur les registres de l'état-civil. Le 29 septembre de la même année, on baptise Guillelmus-Apollinaris de Kostrowitzky et sa mère le reconnaît légalement quelques semaines plus tard. Qui est cette mère ? Une jeune Polonaise de bonne famille qui a suivi un homme plus âgé qu'elle, dont elle aura un autre fils, Albert, et qui l'abandonnera en 1885. Elle s'installe alors avec ses deux enfants dans la principauté de Monaco. Guillaume y fait de bonnes études, s'initiant notamment à la Bible, aux mythes antiques, aux légendes médiévales dont on retrouvera des traces nombreuses dans son œuvre. Il entre au lycée de Nice puis le quitte sans avoir présenté son baccalauréat et crée avec un ami un journal manuscrit dans lequel, sous le nom de Guillaume Macabre, il publie ses premiers poèmes. En 1899, la famille s'installe à Paris. Celui que l'on surnomme alors « Kostro » occupe une série d'emplois médiocres. Il fréquente assidûment la bibliothèque et envoie poèmes et contes à des revues qui les refusent.

Le voyage en Allemagne

En 1901, Guillaume est engagé comme précepteur de français auprès de la fille de la vicomtesse de Milhau ; il accompagne sur les bords du Rhin la vicomtesse, sa fille et la jeune gouvernante anglaise de celle-ci, Annie Playden, dont il tombe éperdument amoureux. Guillaume s'imprègne alors de l'esprit, des légendes et des paysages rhénans. Il visite aussi Munich, l'Autriche, Prague. C'est une période déterminante pour sa sensibilité poétique, comme le prouve son abondante production ; c'est le moment où se précisent certaines dominantes de son inspiration et où s'affirme son talent. Mais la violence de son amour effraie Annie qui finit par le repousser. En août 1902, au terme de son contrat, il revient à Paris.

Débuts littéraires

Sa situation n'est plus la même. En 1901, il a publié trois poèmes, signés Wilhem de Kostrowitzky, puis en 1902, un conte, sous le nom de Guillaume Apollinaire. Dès lors les publications se succèdent, le nom du poète s'impose ; Guillaume Apollinaire collabore à plusieurs revues et fonde la sienne, *Le Festin d'Ésope*.

Pourtant Apollinaire n'oublie pas Annie. Par deux fois, en novembre 1903, puis en mai 1904, il se rend à Londres pour la revoir, insiste pour l'épouser, propose de l'enlever si ses parents s'opposent à leur mariage. Sa fougue et sa violence effraient Annie qui s'enfuit en Amérique (« Mon bateau partira demain pour l'Amérique / Et je ne reviendrai jamais », dira plus tard *L'Émigrant de Landor Road*).

Poète et critique d'art

C'est également en 1904 qu'Apollinaire devient l'ami de Picasso et de Max Jacob. La rencontre de ces trois hommes détermine l'élaboration d'une esthétique nouvelle, le *cubisme*, qui privilégie la vision intellectuelle et synthétique de la réalité au détriment de la représentation du réel. Ainsi le peintre dessine-t-il un visage à la fois de face et de profil. De même le poète évoque-t-il le souvenir de moments appartenant à différents passés dans des lieux différents, comme s'ils étaient simultanés (dans *Zone*, par exemple).

Dès lors Guillaume Apollinaire consacre à la critique d'art une part importante de son activité, faisant connaître ses amis peintres, Picasso, Derain, Vlaminck, défendant l'esthétique cubiste et toutes les tendances nouvelles. Parallèlement croît son renom d'écrivain avec des œuvres multiples. En 1913, il réunit ses écrits sur l'art dans

Les Peintres cubistes – Méditations esthétiques et recueille dans *Alcools* des poèmes déjà parus dans diverses revues renommées[1].

En 1907, grâce à Picasso, il fait la connaissance du peintre Marie Laurencin. Très amoureux, il a avec elle une longue liaison. Mais lassée de son caractère tyrannique et jaloux, la jeune femme le quitte en 1912.

La guerre

Quand éclate la guerre de 1914, Apollinaire, non sans difficulté, s'engage dans l'artillerie. Brève liaison avec Lou (Louise de Coligny-Châtillon), que rompt la jeune femme, et qui laisse Apollinaire momentanément désespéré. Dans un train, il rencontre la jeune Madeleine Pagès et, du front, il engage avec elle une correspondance qui les mènera jusqu'aux fiançailles. En première ligne en Champagne, il reprend son activité poétique : poèmes d'amour inspirés par Lou et par Madeleine, poèmes de guerre, poèmes de la maturité. « Blessé à la tête » par un éclat d'obus en mars 1616, « trépané sous le chloroforme », il passe à Paris la fin de la guerre. Il rompt ses fiançailles avec Madeleine, travaille dans les bureaux de la Censure, retrouve une activité littéraire et artistique.

En 1917, Apollinaire publie des poèmes dans les revues les plus hardies de son temps, termine un roman, *La Femme assise*, et prépare un recueil de ses poèmes de guerre, *Calligrammes*. Bel exemple de l'*Esprit nouveau*[2] fondé sur la surprise, que ces poèmes-conversations, ces poèmes simultanés à la manière cubiste et ces calligrammes, à la fois poèmes et dessins, où la typographie illustre le texte (les vers sont verticaux dans *Il pleut*).

Le 15 avril 1918 paraît *Calligrammes*. Le 2 mai, Guillaume épouse Jacqueline Kolb, la « jolie rousse ». Le 9 novembre il meurt à l'âge de trente-huit ans, terrassé par la grippe infectieuse, tandis que dans les rues les Parisiens célèbrent la fin de la guerre et conspuent Guillaume II, l'empereur d'Allemagne : « À bas Guillaume ! »

---

1. Il écrit aussi, pour le peintre et poète italien Marinetti, *Le Manifeste de l'antitradition futuriste*, qui le fera passer pour un destructeur des valeurs traditionnelles.
2. Lors d'une conférence, il définit l'*Esprit nouveau* qui, sans être l'ennemi de la tradition, cherche à ouvrir les domaines de la poésie et à élargir ses moyens pour « exalter la vie » sous toutes ses formes. Il écrit de même, dans *Calligrammes* : « Nous voulons vous donner de vastes et d'étranges domaines / Où le mystère en fleurs s'offre à qui veut le cueillir. »

Genèse d'*Alcools*

Dès 1904, Apollinaire pense à réunir les poèmes qu'il a rapportés d'Allemagne en une plaquette, *Le Vent du Rhin*. Mais le projet n'aboutit pas ; les poèmes sont dispersés dans des revues, de même que ceux qu'il écrit ensuite. Les projets suivants avortent également. En 1912, le recueil prend enfin forme, sous le titre *Eau de vie*. Sur le texte déjà imprimé, Apollinaire supprime toute ponctuation, rajoute *Zone* et remplace *Eau de vie* par *Alcools*. « Pour ce qui est de la ponctuation », écrira le poète, « je ne l'ai supprimée que parce qu'elle m'a paru inutile et elle l'est en effet, le rythme même et la coupe des vers, voilà la véritable ponctuation. »

En plaçant *Zone*, tout récemment écrit, à l'ouverture du livre qui débutait auparavant par *La Chanson du Mal-Aimé*, Apollinaire modifie l'orientation du recueil : d'élégiaque qu'il était, s'ouvrant sur un poème de l'amour déçu, il commence désormais par une réflexion philosophique ; c'est la méditation d'un homme qui considère sa vie passée dans laquelle s'inscrivent, bien entendu, les peines d'amour, mais aussi le sort de l'homme moderne et les questions restées sans réponse. Le recueil paraît en 1913.

Le sens du titre

Il n'y a pas un seul alcool mais plusieurs. L'alcool qui brûle comme la vie (*Zone*) symbolise à la fois les souffrances et les échecs humains, et leur transfiguration poétique par la brûlure purificatrice qui donne naissance au Verbe créateur (*La Chanson du Mal-Aimé*, *Le brasier*) (→ PROBLÉMATIQUE 1, p. 62). En ces deux sens, chaque poème, « commémoration d'un événement de [sa] vie », constitue un alcool ; et le pluriel du titre renvoie à la multiplicité des points de vue de l'esthétique cubiste sur le destin d'un homme qui est aussi poète.

Alcools a surpris, choqué même. On lui a reproché son côté disparate et l'incohérence de ses images. Si le ton élégiaque et l'inspiration rhénane ont trouvé leurs défenseurs, la force originale du poète n'a généralement pas été reconnue.

2 Présentation d'*Alcools*

Les poèmes d'*Alcools* peuvent être regroupés en trois catégories : poèmes d'amour, poèmes élégiaques, arts poétiques. Certains poèmes appartiennent à deux catégories, comme *Zone* qui est à la fois un poème d'amour et un art poétique.

LES POÈMES D'AMOUR

De 1901 à 1913, deux femmes ont successivement inspiré Apollinaire : Annie Playden, la jeune Anglaise rencontrée en 1901, puis le peintre Marie Laurencin à partir de 1907. Ces deux histoires d'amour se ressemblent : un amour porteur de promesses de bonheur aboutit au rejet de l'amant par l'amante ; l'amant mal-aimé ne peut se détacher de ce passé qui le torture ; sa douleur se sublime dans l'acte poétique qui transforme l'Amante en mythe et rend au Poète sa force créatrice.

Le cycle d'Annie

Il est constitué de *La Chanson du Mal-Aimé, Annie, L'Adieu, L'Émigrant de Landor Road, La dame* et, de façon explicite *(Mai)* ou implicite, de tous les poèmes d'inspiration rhénane (→ PROBLÉMATIQUE 2, p. 19). *Salomé* peut aussi se rattacher à ce cycle.

La Chanson du Mal-Aimé

Cinquante-neuf strophes de cinq vers (quintils), précédées d'une épigraphe[1], retracent l'itinéraire, dans les méandres du souvenir, de l'amant mal-aimé et en proie à l'angoisse (→ LECTURE 3, p. 103.)

1. Strophe ou vers placé en tête d'une œuvre.

Premier fragment (strophes 1 à 14[2])

1-5. Rencontre « un soir de demi-brume à Londres » d'un voyou, puis d'une femme saoule qui font renaître le souvenir de l'amante infidèle, cependant que l'amant reconnaît « la fausseté de l'amour même » (→ PROBLÉMATIQUES **4, p. 52** et **6, p. 76**).

6-8. Évocation des « rois heureux », Ulysse, puis « L'époux royal de Sacontale[3] », dont les femmes sont restées fidèles.

9-11. Regrets. Méditation sur la mémoire (→ PROBLÉMATIQUE **6, pp. 75** et **76**).

12. Rejet du « faux amour ».

13. Premier refrain.

14. Souvenir de l'amour heureux.

Premier intermède : « Aubade chantée à Laetare[4] un an passé » (strophes 15 à 17)

Seul poème de l'amour heureux, nous le considérons comme un intermède puisque c'est un poème dans le poème, repérable par son titre autonome et une typographie particulière.

Second fragment (strophes 18 à 23)

18-20. Mort des dieux, mort de l'amour. Deuxième refrain.

21-23. Fidélité du Mal-Aimé, à la mesure de celle des Cosaques Zaporogues[5] incités à trahir la Russie et le christianisme par le Sultan de Constantinople.

Second intermède : « Réponse des Cosaques Zaporogues au Sultan de Constantinople » (strophes 24-26)

Horreur et la révolte du Mal-Aimé devant l'infidélité.

Troisième fragment (strophes 27-41)

27. Premier refrain.

28-30. Regret de la femme infidèle dont le Mal-Aimé souhaite le retour. Évocation de l'amour partagé, mais trompeur.

---

2. Désormais désignées par leur seul numéro.
3. Héroïne d'un drame hindou du ve siècle après J.-C.
4. Le quatrième dimanche de Carême, c'est-à-dire au printemps.
5. Ukrainiens sujets du tsar.

31-32. Désespoir. Refus de l'oubli.

33-41. Tentation de la folie : généralisation du thème de la mort (→ PROBLÉMATIQUE **4, p. 49**) que symbolisent les sept épées plantées dans le cœur du Mal-Aimé (40-41) (→ PROBLÉMATIQUE **6, p. 77**).

Troisième intermède : « Les Sept Épées[6] *» (strophes 42-48)*

Chaque épée-souvenir se rapporte à la mort ou à la trahison ; les deux dernières évoquent plus précisément l'amour ou l'amante. L'intermède s'achève sur la négation de cet amour : « Je ne vous ai jamais connue. »

Quatrième fragment (strophes 49-59)

49. Premier refrain.

50-54. « Destins destins impénétrables ». Évocation des deux roi fous[7] (→ PROBLÉMATIQUES **4, pp. 46 et 58, 6, p. 78**) que la démence et la solitude (« Près d'un château sans châtelaine ») mènent à la mort.

55-58. Juin à Paris. Évocation de la pensée du suicide (« J'erre à travers mon beau Paris / Sans avoir le cœur d'y mourir »). Thème de la brûlure purificatrice et créatrice (« [...] ton soleil ardente lyre / Brûle mes doigts endoloris »). Tristesse. Ivresse poétique des soirs qui participent au chant collectif.

59. Deuxième refrain : le Mal-Aimé comme poète.

Premier refrain (strophes 13, 27, 49)

Il associe à l'image du destin (la « Voie lactée » montrant aux pèlerins leur route), celle des « blancs ruisseaux » de la Terre Promise (« Chanaan[8] ») et celle des « corps blancs des amoureuses » ; il suggère ainsi un voyage incertain, difficile et voué à l'échec (« Nageurs morts »).

Ce refrain fait suite, chaque fois, à un refus du passé : « Adieu faux amour » (12), réponse insultante des Cosaques au Sultan (26), « Je ne vous ai jamais connue » (48). Il peut donc s'entendre comme l'interrogation du Mal-Aimé qui se demande s'il pourra retrouver le bonheur dans de nouvelles amours (« autres nébuleuses »).

---

6. Dont l'origine est celle des Sept Douleurs perçant le cœur de la Vierge.
7. Louis et Othon de Bavière, immortalisés depuis par Visconti dans le film *Ludwig*.
8. Dans la Bible, Chanaan est le nom de la Terre Promise par Dieu aux Hébreux.

Il est suivi, deux fois, par le retour au souvenir heureux ou au regret de l'amante (« J'ai chanté ma joie bien aimée », 14 ; « Regret des yeux de la putain », 28). La troisième fois (strophe 49), il apparaît dans un contexte où se multiplient (depuis la strophe 33) les images de la folie et de la mort (jusqu'à la strophe 54), et où notamment le « blanc », l'« argent » (couleur), les « astres » sont étroitement associés à la mort. Cela amène donc à réévaluer les couleurs : parce que l'amour est faux (5, 8), le bonheur qu'il promet est chimérique, les couleurs et les éléments (eau, astres) associés à l'amour dévoilent leur caractère néfaste à mesure que l'amour révèle sa nature funeste.

Deuxième refrain (strophes 19, 59)

Il chante le savoir du Mal-Aimé poète qui connaît toutes sortes de poésies lyriques : lais[9], complaintes, hymnes, romances, chansons. Mais la première apparition de ce refrain (19) ne peut rompre l'unité des strophes qui l'encadrent et qui déplorent la mort des dieux et celle de l'amour. Ni les dons ni la culture du poète ne peuvent alléger sa douleur. Au contraire, à la fin du poème (59), dans un contexte où le « mélodieux délire » du Mal-Aimé s'étend aux « soirs », aux « tziganes », aux « garçons de café », il exprime le triomphe de la puissance créatrice à laquelle participent les « tramways », les « cafés », les « siphons ».

Ainsi peut-on dégager à partir des refrains deux thèmes antagonistes : celui de l'amour qui est source d'illusion et maître de fausseté car il promet le bonheur et conduit à l'angoisse, à la folie et à la mort ; celui de la création poétique qui est au contraire sublimation de toutes les angoisses, pulsion de vie indissociable de la brûlure purificatrice (→ PROBLÉMATIQUE 4, pp. 52 et 59).

Structure de *La Chanson du Mal-Aimé*

Organisation des thèmes par rapport aux refrains

Si l'on poursuit l'analyse des thèmes, on dégage, par rapport au premier refrain, des enchaînements répétitifs dont l'intensité va croissant. On peut les résumer ainsi : un souvenir entraîne une évocation

---

9. Poèmes lyriques médiévaux.

de l'amour heureux puis, en opposition et sans transition, une réflexion sur le présent malheureux aboutit au rejet de l'amour et de l'amante infidèle, suivi par le premier refrain.

Le schéma se reproduit trois fois : strophes 1-13, 14-27, 28-49.

Après la troisième apparition du premier refrain, ce schéma se désorganise, parce que la folie et la mort envahissent le poème. Le quatrième fragment (49-59) (→ PROBLÉMATIQUE 2, p. 12) commence par le premier refrain (Amour) et s'achève sur le second (Poésie) ; il s'ordonne en deux parties à peu près symétriques dont la seconde (55-59) s'oppose radicalement par ses thèmes à la première (50-54), bien qu'aucun terme d'opposition n'annonce la rupture thématique.

Cette composition par juxtaposition caractérise, dans tout le poème, l'enchaînement des thèmes contradictoires ; elle s'explique à la fois par le désarroi du Mal-Aimé et par l'esthétique d'Apollinaire qui préfigure ici celle du cubisme (→ PROBLÉMATIQUE 1, p. 7).

Structure symétrique

Les premières et les dernières strophes du poème se répondent en miroir : deux villes, Londres (1-5) et Paris (55-59) ; deux soirs : « brouillard sanguinolent » (4), « Soirs [...] ivres du gin / Flambant de l'électricité » (57) ; deux familles de rois : les « rois heureux » (6-8), les « deux royautés folles » (51-54) ; deux intermèdes : celui de l'amour heureux (« Aubade », 15-17), celui de l'amour qui tue (« Les Sept Épées », 42-48) ; deux morts : celle de l'amour (18-20), celle de l'hiver (38-39) ; deux affirmations : de fidélité (21) ou de regret, de refus d'oublier (28-32). Au centre du poème, l'insulte à l'Infidèle : la réponse des Cosaques au Sultan, qui est aussi adressée à la femme infidèle.

Structure circulaire

La Chanson retrace une histoire : celle d'un amant malheureux qui s'avère poète. *La Chanson* est une romance : celle qu'écrit ce poète mal-aimé, comme le confirment la dernière strophe qui fait écho au titre (« Moi qui sais [...] / La romance du mal-aimé ») et l'épigraphe (« Et je chantais cette romance / En 1903 [...] »).

Ainsi le poème se referme sur lui-même, comme si son début faisait suite à son dénouement ou encore comme si, l'histoire du Mal-Aimé étant achevée, nous devions revenir au commencement pour connaître la romance qu'en tire le jeune poète.

L'Émigrant de Landor Road

Ce poème a été inspiré par la fuite d'Annie qui émigra de Londres en Amérique pour échapper à Guillaume (Landor Road étant l'adresse d'Annie à Londres). L'Émigrant représente donc autant l'amante disparue, que l'amant délaissé.

Organisation du poème

Strophes 1-2

1. Récit à la troisième personne. Caractère décidé des actes de l'Émigrant (qui n'est désigné que par *il*). Image de la mort (« couper quelques têtes ») aussitôt niée et ramenée au burlesque (« De mannequins »).

2. Description lyrique de la foule (ceux qui restent). Thème essentiel : « Des ombres sans amour qui se traînaient par terre ». Suggestion des adieux par le mouvement des mains qui s'agitent dans le ciel, pareilles à des oiseaux.

Strophes 3-4

Monologue lyrique de l'Émigrant, figure poétique de la femme qui a fui : « Mon bateau partira demain pour l'Amérique / Et je ne reviendrai jamais ». Désir d'un monde nouveau (« habillé de neuf »). Oubli du monde ancien (« je veux dormir enfin »).

Strophes 5 à 7

5. Récit. Dérision : l'Émigrant endosse l'habit d'un lord mort qu'il achète au rabais. Image de la mort (de la personnalité vraie ?).

6. Strophe lyrique : passage du temps (souligné par la brièveté des vers) ; fatalité des destins : « Et passaient enchaînées ».

7. Description lyrique : images du renoncement (« vaincus ») et de la mort (« journées veuves », « vendredis sanglants », « enterrements »). Image de l'amant maltraité : « Quand la femme du diable a battu son amant ».

Strophes 8-9

8. Récit lyrique : les adieux, les signes de l'adieu (« les mains [...]

feuillolaient ») ; le départ de l'Émigrant : la brièveté du quatrième vers traduit peut-être la rapidité et le caractère inexorable de ce départ.

9. Description lyrique : « menaces » de l'inconnu (voyage, Nouveau Monde) ; tristesse de ceux qui aiment et qui restent (« de longs baisers mouillés ») (→ PROBLÉMATIQUE 5, pp. 69 et 70) ; inquiétude et regret de ceux qui partent (« mains lasses », « en pleurant », « agenouillés ») par opposition à l'attitude décidée de l'Émigrant (1, 5).

Strophes 10-11

10. Description lyrique : le regard en arrière de celui qui s'en va (→ PROBLÉMATIQUE 4, p. 50) ; l'éloignement progressif et sans retour (« bateaux d'enfant », « tout petit bouquet ») ; le regret (« tremblaient ») ; l'embellissement de ce qu'on laisse (« immense floraison »).

11. Sentiments de l'Émigrant : le regret (« il aurait voulu », « autres mers ») ; l'obsession du souvenir.

Strophes 12-13

12. Récit et dérision : anéantissement des souvenirs (« noyer [...] Ces tisseuses têtues ») après les avoir changés « en poux ». Le mariage de l'Émigrant suggère la mort puisque le doge de Venise épousait la mer et que les sirènes attiraient de leurs chants les marins au fond de l'eau. La sirène est à la fois figure mythologique et sifflement, appel. Dramatisation : « cris ». Solitude : « sans époux ».

13. Strophe lyrique : mort (« squales [...] cadavres [...] rongés »). Anéantissement des souvenirs (« cadavres de jours ») et des promesses (« derniers serments ») (→ PROBLÉMATIQUE 4, pp. 48 et 57).

AMBIGUÏTÉ ET MODERNITÉ DU POÈME

D'une part le texte évoque, par son titre et par la référence à l'Amérique (strophe 3), le départ insupportable de l'amante ; d'autre part il confère à l'Émigrant les réactions de l'amant délaissé. Comme dans *La Chanson du Mal-Aimé*, l'abandon aboutit à la mort ; mais ici la mort est définitive, la douleur ne donne pas naissance à une œuvre, le thème de la création poétique n'apparaît pas.

La modernité apparaît dans la juxtaposition des discours (récit / descriptions / monologues) et des personnes (il / je) ; des tons : dérision / lyrisme ; des vers : alexandrins / octosyllabes / vers de 6 et de 3 syllabes.

Le cycle de Marie

Au cycle de Marie Laurencin appartiennent les poèmes « de fin d'amour », *Zone*, *Le Pont Mirabeau* (ainsi que *Marie* et *Cors de chasse*, non traités ici), qui commémorent « les mêmes souvenirs déchirants[10] ». Mais *Le voyageur*, publié en 1912, l'année de la rupture, peut aussi être rattaché à ce cycle. Par rapport aux poèmes du cycle d'Annie, ceux inspirés par Marie se caractérisent par une baisse d'intensité de la douleur et du déchirement, au profit de la tristesse. *Zone*, le dernier écrit des poèmes d'*Alcools* (→ PROBLÉMATIQUES **1, p. 9, 2, p. 33, 4, pp. 53-54 et 5, p. 65**), témoigne encore de « L'angoisse de l'amour », comme si Guillaume « ne [devait] jamais plus être aimé ».

Zone

Dans ce poème de la rupture, l'amour apparaît toujours source de douleur et d'humiliation.

> L'amour dont je souffre est une maladie honteuse.

L'image de la femme insiste sur l'usure : « mains [...] dures et gercées », « coutures de son ventre », « rire horrible ». L'attitude féminine est la cruauté :

> Toutes même la plus laide a fait souffrir son amant

À ce dernier reste la peine :

> [...] à tous moments je voudrais sangloter
> Sur toi sur celle que j'aime sur tout ce qui t'a épouvanté

Le Pont Mirabeau

C'est une chanson triste : quatre strophes dont chacune est suivie du refrain. Le deuxième et le troisième vers qui formaient d'abord un décasyllabe (10 syllabes) ont été séparés pour former deux vers, ce qui donne une grande fluidité à la strophe (→ LECTURE 2, p. 95).

---

10. Ce sont les termes d'Apollinaire dans son livre intitulé *Tendre comme le souvenir*.

On appelle poèmes élégiaques des poèmes tristes, tendres, courts le plus souvent. On peut rattacher à ce groupe, dans *Alcools*, certains poèmes des cycles d'Annie et de Marie. Ce sont, dans le recueil, les plus connus, ceux qui attirent l'œil et qui hantent la mémoire pour leur fluidité, leur musicalité et la richesse de leurs images.

D'août 1901 à août 1902, Apollinaire se trouve en Allemagne (→ PROBLÉMATIQUE 1, p. 6). C'est une époque où sa sensibilité s'avive et où se crée une manière poétique nouvelle et définitive. Au cycle rhénan – ainsi nommé pour les nombreuses allusions au Rhin dans ces poèmes – appartiennent *La maison des morts*, la suite des *Rhénanes, Automne malade,* ainsi que *Les colchiques, Crépuscule, Marizibill, Saltimbanques, Le vent nocturne, La tzigane, Automne* (non traités dans ce chapitre).

La maison des morts

Poème inspiré par une visite au cimetière de Munich où, dans les vitrines de la maison des morts, ceux-ci sont exposés « vêtu[s] le mieux possible / En attendant la sépulture ».

Apollinaire imagine la résurrection de ces morts qui « tous bras dessus bras dessous / Fredonnant des airs militaires » quittent le cimetière pour une partie de campagne avec les vivants qu'ils rencontrent et qui se joignent à eux. Au cours de ce bal champêtre, des couples se forment : « Les morts avaient choisi les vivantes / Et les vivants / Des mortes ». On assiste même à des fiançailles : « Je vous attendrai / Toute votre vie / Répondait la morte ». Puis c'est le retour, la séparation : « On se disait / Au revoir / À demain / À bientôt ».

Le poète revient ensuite au réel et retrouve les morts à leur place « Attendant la sépulture derrière les vitrines ». Méditation sur l'amour et la solitude : « [...] d'avoir aimé un mort ou une morte / [...] l'on n'a plus besoin de personne » (→ PROBLÉMATIQUE 4, p. 55).

Le thème des destins impossibles est développé. L'amour y est considéré comme illusion :

Nos enfants
Dit la fiancée
Seront plus beaux plus beaux encore
Hélas ! la bague était brisée
Que s'ils étaient d'argent ou d'or
D'émeraude ou de diamant [...]

Le double plan de la strophe – les projets d'avenir de la jeune morte qu'interrompt le commentaire du poète les niant (bague brisée) – reflète la fausseté, le caractère illusoire d'un amour qui promet ce qu'il ne peut donner (→ PROBLÉMATIQUE 6, p. 80). Aucun espoir ici, l'une est morte, l'autre est vivant.

Le pittoresque est présent dans ce poème (→ PROBLÉMATIQUE 5, p. 67).

Le double entendre allie comique et pathétique ; il porte sur des emplois du verbe *mourir* dans ce contexte particulier :

Il y eut des questions si extravagantes
[...]
Que c'était à mourir de rire

Apollinaire a recours à la drôlerie pour atténuer le pathétique :

Trop tard
Répondait la vivante [...]
Je suis mariée [...]
Je pleure et je voudrais mourir

La maison des morts offre enfin un aspect pré-surréaliste (→ PROBLÉMATIQUE 5, p. 73).

Nuit rhénane

Ce poème, le premier de la suite des *Rhénanes*, sorte de rêverie auprès d'un verre de vin, met en scène le personnage qui parle, ceux auxquels il s'adresse, le batelier qui chante (→ LECTURE 5, p. 120).

Mai

C'est un poème lyrique, évoquant une rencontre impossible, que l'on peut résumer dans l'opposition des homonymes : « mai » / « mais » (v. 1 et 3) (→ PROBLÉMATIQUE 5, p. 81).

Strophe 1

Récit de la rencontre : « en haut de la montagne », des dames ; « en barque sur le Rhin », un jeune homme. Désir : « Vous êtes si jolies ». Regret : « mais la barque s'éloigne ». Tristesse : « Qui donc a fait pleurer les saules ».

Strophe 2

Évocation lyrique d'un amour profond et passé : « celle que j'ai tant aimée ». Par la double analogie des pétales aux ongles et aux paupières de la femme aimée, Apollinaire associe à la femme les « cerisiers de mai ». Leur image « se fig[e] en arrière » de lui qui s'éloigne dans la barque au fil du courant (→ PROBLÉMATIQUES **4, p. 51** et **5, p. 70**).

Strophe 3

Description, sans transition, des saltimbanques qui suivent le bord du fleuve (le rythme des vers suggère la lenteur, voire peut-être l'effort) (→ PROBLÉMATIQUE 4, p. 44). Fond sonore lointain : le fifre d'un régiment.

Strophe 4

Retour au « joli mai » de la première strophe avec pourtant la suggestion de la détérioration et de la vanité de toutes choses : les « ruines » sous les « rosiers », le vent qui « secoue » tout, le bruit inutile des roseaux « jaseurs », le dépouillement des fleurs « nues » des vignes (→ PROBLÉMATIQUES 5, p. 68 et 6, p. 79).

Dans ce poème sont développés plusieurs types d'images :

– les images du passage : le Rhin qui « coule », la barque qui s'« éloigne », les pétales des cerisiers qui « tomb[ent] » et « se flétris[sent] », la procession de tziganes, le fifre qui « s'éloigne », le vent qui « secoue » tout ;

– les images de la permanence : les dames sur la montagne, les « vergers » qui « se fig[ent] » en arrière, les « ruines » (à la fois ce qui est détruit et ce qui demeure), les plantes et les fleurs qui résistent au vent.

On peut considérer ce poème comme une métaphore du souvenir où chaque strophe illustre un thème. Pour la première, c'est l'amour impossible, pour la deuxième, la femme aimée et perdue. La troisième strophe, plus longue d'un vers, peut marquer la lenteur avec laquelle les souvenirs s'éloignent, la pauvreté du quotidien, la fuite de la gaieté. La quatrième strophe illustre le processus du souvenir, l'embellissement des « ruines », la frustration liée à la parole (« jaseurs ») avec un dernier rappel érotique (« fleurs nues »). On voit ainsi comment ce poème se rattache au cycle d'Annie (→ PROBLÉMATIQUE 2, p. 10).

La synagogue

Ce poème est un croquis du voyage, inspiré par une scène de la vie quotidienne outre-Rhin ; il oppose l'aspect profane des deux Juifs dans la rue à leur métamorphose dans la synagogue. Ses cinq strophes mêlent pittoresque, quotidien et surnaturel.

Au pittoresque appartiennent : les noms et les tenues (« Coiffés de feutres verts ») des deux Juifs allant à la synagogue, les références au culte (« le sabbat », « la thora », « les feuillards de la fête des cabanes », « les loulabim »[11]), le dernier vers transcrit d'un hébreu approximatif (noter les allitérations en -a-, -oth, -im), les insultes.

Au quotidien appartiennent les sentiments des deux hommes : dispute, colère, frustration devant les interdits rituels plus rigoureux que ceux des chrétiens, jalousie (ils aiment la même femme, Lia).

Au surnaturel appartiennent les mentions du vieux Rhin qui d'abord « soulève sa face ruisselante » et comme le poète « se détourne pour sourire » et au fond duquel ensuite, pendant le rituel, « gémi[t] un Léviathan[12] » vaincu par la piété.

Le mètre, d'abord traditionnel (alexandrins), s'allonge considérablement, peut-être à l'imitation des versets bibliques. Le ton, d'abord amusé (le poète sourit à l'instar du vieux Rhin), atteint la gravité dans les deux dernières strophes peignant la cérémonie religieuse qui réconcilie les hommes ; leur sentiment religieux s'exprime dans un chant « grave » et « sans mesure » faisant gémir le monstre au fond du Rhin.

---

11. Dans la religion juive, le sabbat, septième jour de la création, est le jour du repos. La thora, le Livre, désigne les rouleaux sur lesquels est écrite la loi de Moïse. Lors de la fête des cabanes, qui commémore la traversée du désert, on agite des feuillards ou feuillages, les loulabim.
12. Monstre colossal symbolisant le Mal dans la Bible.

Les cloches

C'est une chanson sur les thèmes, habituels aux *Rhénanes*, de l'amour, de la séparation, de la mort. Ici, une jeune fille redoute la moquerie des gens de son village parce qu'elle a aimé un tzigane. L'image des cloches, indiscrètes et bavardes, la rapidité du mètre (octosyllabes), la musique des noms propres (strophe 3), donnent au poème un air de légèreté, jusqu'au dernier vers qui rompt le mètre et introduit la gravité (→ PROBLÉMATIQUE 6, p. 83).

La Loreley

Ce poème reprend une légende rhénane déjà chantée au XIXe siècle par les poètes romantiques allemands Clemens Brentano, puis Heinrich Heine. Le personnage de la « sorcière blonde » aux yeux « pleins de pierreries », qui « sont des flammes » (5) et brillent « comme des astres » (13), permet d'entremêler deux thèmes, voisins mais distincts : l'insensibilité de la femme (« Qui laissait *mourir d'amour* tous les hommes à la ronde », 1) et les « yeux maudits » au pouvoir destructeur (« Ceux qui m'ont regardée évêque en ont péri », 4).

La complexité du poème (qui par ailleurs se déroule simplement, comme une histoire, en strophes de deux vers) vient de ce que la sorcière est elle-même victime du mal d'amour et succombe au pouvoir envoûtant de ses propres yeux, car ceux-ci lui font voir son amant de retour, alors qu'elle n'a vu que son propre reflet.

Le thème de l'abandon et de la solitude aux couleurs du deuil est maintes fois exprimé, comme à la strophe 10 :

> Mon cœur me fait si mal depuis qu'il n'est plus là
> Mon cœur me fit si mal du jour où il s'en alla

Le mirage fatal prend la forme d'une nacelle sur le fleuve où se tient son amant, « il m'a vue il m'appelle » (17) :

> Elle se penche alors et tombe dans le Rhin
>
> Pour avoir vu dans l'eau la belle Loreley
> Ses yeux couleur du Rhin ses cheveux de soleil

Schinderhannes

Cette chanson truculente dépeint une bande de brigands dont le chef est Schinderhannes : ils s'opposèrent aux troupes napoléoniennes et acquirent ainsi la célébrité. Célébration de la bonne chère et de la beuverie, le poème mêle la grossièreté à l'ironie souriante, tandis que ses héros allient la sentimentalité de la parole à la brutalité des actes.

Rhénane d'automne

C'est le jour des morts dans un cimetière catholique. Comme dans *La synagogue*, Apollinaire s'intéresse au rituel :

> Les enfants et les vieilles femmes
> Allument des bougies et des cierges
> Sur chaque tombe catholique

Comme dans *La maison des morts* (→ PROBLÉMATIQUE 2, p. 18) mais sans recours au fantastique, il évoque le dialogue des morts et des vivants :

> Des enfants morts parlent parfois avec leur mère
> Et des mortes parfois voudraient bien revenir

L'accent est mis sur l'aspect familier de la mort : les enfants « jouent » dans le cimetière qui est lui-même « un beau jardin ».

Le ton est tour à tour amusé (« Les voiles des vieilles / Les nuages du ciel / Sont comme des barbes de biques »), réaliste (« La vie vous pourrit dans la panse »), et lyrique (« L'air tremble de flammes et de prières »). La tonalité change pourtant avec la neuvième strophe qui rapporte les paroles adressées à une « chère morte » : « Oh ! je ne veux pas que tu sortes ». L'image des « feuilles mortes » qui « sont tes mains coupées » rappelle celle des « pétales tombés des cerisiers de mai » qui « Sont les ongles de celle que j'ai tant aimée » *(Mai)* (→ PROBLÉMATIQUE 5, p. 70). Avec les amours mortes, entrent dans le poème les larmes : « Nous avons tant pleuré aujourd'hui », et les blessures du cœur : « Comme le cœur blessé de la madone ».

Pourtant le poème, qui progresse d'un début plaisant (strophes 1 à 4) à un milieu plus sérieux (5-8) et à une fin triste (9-12), s'achève sur une pirouette : douleur et légèreté se mêlent, ce qui est très caractéristique de la manière poétique d'Apollinaire.

Les sapins

Ce poème transforme les sapins aux « bonnets pointus » et aux « longues robes » en personnages fantaisistes : « astrologues », « grands rabbins », « vieilles demoiselles », « médecins divagants », qu'on croirait issus du théâtre, ou encore en « blancs chérubins » qui « balancent leurs ailes ». Par ailleurs, Apollinaire prête à ces arbres les pouvoirs créateurs qui sont les siens en faisant d'eux de « grands poètes », de « beaux musiciens » et de « graves magiciens ». Ainsi ce poème, consacré à la recherche d'images, est aussi un poème traitant de l'activité du poète.

La structure de la strophe – deux vers de huit syllabes de part et d'autre d'un vers de six – imite peut-être la forme triangulaire du sapin. Le poème, à la tonalité plaisante, s'achève de manière inattendue et abrupte sur une image de mort :

> De temps en temps sous l'ouragan
> Un vieux sapin geint et se couche

Les femmes

Ce poème, qui annonce les poèmes-conversations de *Calligrammes*, juxtapose à des vers ou des strophes lyriques les propos décousus des femmes qui « cousent » dans la maison du vigneron (→ PROBLÉMATIQUES **4, pp. 47-48,** et **6, p. 82**).

Ces femmes, pareilles aux « filles blondes / Au regard immobile » de *Nuit rhénane*, représentent la réalité quotidienne rassurante : leurs remarques sont banales, leurs préoccupations terre à terre, leur vision rassurante. Pour elles, l'amour, même s'il rend triste, n'empêche pas la vie d'être douce. Apollinaire, comme il l'a fait dans *Les cloches* et dans *Schinderhannes*, tire parti des noms propres pour créer la couleur locale. En même temps, il bouscule l'alexandrin pour reproduire le rythme parlé.

Par contraste, les vers de description et de récit lyrique, au passé, respectent la métrique traditionnelle et imposent un ton soutenu que corroborent les images : « La forêt là-bas / Grâce au vent chantait à voix grave de grand orgue ». Dans ce contexte-ci, le recours à l'allemand joint à la personnification (« Herr Traum », « Frau Sorge » : Sire Songe, Dame Souci) contribue au mystère.

Le thème de la mort (strophes 3-4, 8-9) passe d'abord inaperçu dans la conversation des femmes :

> Le sacristain sourd et boiteux est moribond

Puis les indices inquiétants se multiplient dans les passages lyriques : chant de la forêt « à voix grave de grand orgue » (4), « ossuaires » en neige et « suaires » repliés (8). La mort du sacristain est annoncée simultanément par le discours des femmes et par « la cloche de l'église » sonnant « tout doucement ». Les deux thèmes de la vie quotidienne et de la mort effrayante se rejoignent. Le poème s'achève dans la douceur ; les femmes assurent la pérennité de la vie au sens littéral et au sens symbolique :

> Lise il faut attiser le poêle qui s'éteint

En même temps elles s'efforcent de conjurer les forces occultes de la mort en « se sign[ant] dans la nuit indécise ».

Considérant cette suite des *Rhénanes*, on peut y dégager, autour du poème central *La Loreley*, une structure symétrique en miroir.

- → *Nuit rhénane* : la nuit
- → *Mai* : la nature
- → *La synagogue* : les particularités d'un culte
- → *Les cloches* : couleur locale
- *La Loreley* : amour et mort, unis dans le personnage de la sorcière, femme fatale
- → *Schinderhannes* : couleur locale
- → *Rhénane d'automne* : les particularités d'un culte
- → *Les sapins* : la nature
- → *Les femmes* : la nuit

Lus linéairement, les poèmes des *Rhénanes* s'ordonnent selon le cours des saisons, du printemps (de l'amour) à l'hiver (de la mort). Mais on voit aussi qu'ils vont d'une poésie du surnaturel à une poésie du quotidien en passant par le pittoresque et la fantaisie ; et encore que les thèmes associés de l'amour et de la mort, très présents dans la première moitié de la suite, s'adoucissent ensuite et viennent à disparaître ou à se dissocier au profit d'une recherche plus systématique sur la création poétique : les images (dans *Les sapins*), la technique de la juxtaposition (dans *Les femmes*) (→ PROBLÉMATIQUE 5, p. 68).

Automne malade

C'est un poème lyrique sur la fuite du temps, une métaphore du passage, la suggestion d'une émotion. Le titre, repris et développé dans le premier vers, traite l'automne comme une personne et insiste sur sa fragilité qui sera développée dans la première strophe. Celle-ci poursuit la personnification (« Tu mourras ») sans renoncer pourtant aux marques de la saison. Les agents de la mort, l'« ouragan » (qui se déploie sur un vers de quinze syllabes en y répétant deux fois les sons qui le composent : -ou-, -ra-, -an) et la « neige », aussi bien que les lieux de fragilité de l'automne malade, « roseraies » et « vergers », appartiennent tous au thème de la nature. Par contre, la deuxième épithète du premier vers, « adoré », renvoie à l'automne personnifié.

Ce double registre se poursuit dans la deuxième strophe qui, de plus, exprime le caractère double de la saison : la fécondité (« richesse / de fruits mûrs » qui renvoie aux « vergers ») et la mort liée à l'approche de l'hiver (« blancheur / De neige »). C'est l'art d'Apollinaire que de mêler intimement ces deux aspects :

> Meurs en blancheur et en richesse
> De neige et de fruits mûrs

Le rôle des animaux est tantôt de menace (« éperviers »), tantôt de compassion et de lamentation (brame des « cerfs »).

Dans la dernière strophe, le poète intervient explicitement :

> Et que j'aime ô saison que j'aime tes rumeurs

Celles-ci, feutrées et imprécises, se rapportent aux deux caractéristiques de l'automne : la fécondité (les « fruits » qui tombent) et la tristesse et la mort liées à l'approche de l'hiver.

> Le vent et la forêt qui pleurent
> Toutes leurs larmes en automne feuille à feuille

On notera les deux coupes (après « larmes », après « automne ») qui allongent le vers et imitent peut-être la lenteur de la chute.

Quant aux six derniers vers[13] (→ PROBLÉMATIQUES 4, p. 42 et 6, p. 82), qui évoquent la mort et la fuite du temps, ils tranchent par leur

13. En fait ils constituent un seul alexandrin désarticulé.

brièveté sur les autres, dessinant verticalement le passage comme les futurs *Calligrammes*.

À la Santé

En 1911, un personnage qu'Apollinaire héberge et qui lui sert de secrétaire vole au Louvre un buste qu'il entrepose chez son hôte. Trois mois plus tard, quelqu'un vole *La Joconde*. Par l'intermédiaire de *Paris-Journal*, Apollinaire fait restituer le buste dont il a découvert l'origine. À la suite d'indiscrétions, le poète, accusé de recel et même de collusion avec le voleur de *La Joconde*, est incarcéré à la prison de la Santé, où il passe une semaine, jusqu'à ce que ses amis aient réussi à démontrer son innocence et à le faire libérer. De cette mésaventure naîtront les six petits poèmes d'inspiration verlainienne qui composent la suite *À la Santé* et dans lesquels, mêlant l'humour à l'angoisse, le poète déplore sa solitude, son ennui, la lenteur avec laquelle le temps passe (noter le jeu des sonorités) :

Que lentement passent les heures
Comme passe un enterrement

et s'interroge, question fondamentale, sur son identité : « Guillaume qu'es-tu devenu ».

LES ARTS POÉTIQUES

Nous appelons « arts poétiques » les poèmes qui, de manière allusive ou explicite, ont pour thème dominant la condition du Poète ou la nature de la Poésie. Leur étude chronologique nous permet de suivre l'évolution de l'esthétique d'Apollinaire.

Les poèmes symbolistes (1899-1901)[14]

Ce sont *Merlin et la vieille femme*, *Le larron*, *L'ermite* et *Clair de lune*. Les trois premiers ont pour protagonistes des êtres peu ordinaires qui souffrent d'être à part et assument leur quête de la réalité par des

14. Le mouvement symboliste regroupe, autour de Mallarmé, des poètes utilisant les mots et les images comme autant de symboles destinés à traduire émotions et impressions.

moyens surnaturels (Merlin) ou mystiques (l'ermite), ou encore par la transgression (le larron). Pourtant leur quête est vaine. Une note dérisoire apparaît. Car, en dépit des pouvoirs du personnage, la quête de la réalité aboutit à l'échec ou à l'illusion, ce qui revient au même. Ce n'est pas du contact direct avec la Vie que naît la Poésie. Or la distance croissante entre la Poésie et la Vie semble bien avoir été un des thèmes majeurs du symbolisme finissant. Apollinaire reprend-il à son compte cette conception de la poésie comme effort de créer un monde en marge du réel ? Ou en fait-il la satire, ce qui expliquerait la note dérisoire ?

L'adieu au symbolisme (1903-1905)

Si, pendant son séjour en Allemagne, Apollinaire élabore une poétique qui demeure la sienne jusqu'à la fin de sa vie, ce n'est qu'à son retour en France, mêlé à la vie littéraire et artistique de son temps, qu'il prend position et rejette le symbolisme finissant au profit d'une esthétique nouvelle.

Palais

Apollinaire suggère une fête galante qui se passerait dans un palais, au fond du Rêve (→ PROBLÉMATIQUES **5, p. 74** et **6, p. 79**). Mais celle qui devait être la « Dame de [s]es pensées » est décrite sur le mode réaliste et la soirée n'est que ripailles où l'on consomme « rôtis de pensées mortes », « rêves mort-nés » et « souvenirs faisandés ». Au début merveilleux, évoqué sur le mode symboliste, correspond une suite qui le nie. L'allégorie nargue l'allégorie[15] (→ PROBLÉMATIQUE **6, p. 82**), la satire du mouvement symboliste est évidente.

Vers une esthétique nouvelle (1907-1908)

En 1906, Apollinaire n'écrit pas de poèmes et n'en publie pas non plus. En 1907, bien qu'il publie peu, il élabore une esthétique nouvelle qu'il définira ultérieurement comme la recherche d'un « lyrisme

15. Allégorie : représentation d'une idée abstraite par une image, un être vivant.

neuf et humaniste à la fois[16] » et qu'illustrent les poèmes du *Brasier* et des *Fiançailles*.

Par leurs thèmes (le rôle du feu) et par leur forme (juxtaposition de vers isolés et de strophes), ces poèmes s'écartent des arts poétiques antérieurs. Ils n'en demeurent pas moins liés à l'esthétique symboliste par le rôle de démiurge accordé au poète, par le recours à l'allégorie (itinéraire initiatique par lequel il acquiert ses pouvoirs divins de voyance et d'ubiquité) et par la relative obscurité qui s'ensuit parfois.

En ce sens, plutôt que de rupture avec le symbolisme, il faut parler d'une évolution qui peu à peu privilégie le principe de désordre décelé dès les premiers poèmes, et qui tend à intégrer au domaine lyrique un nombre croissant d'éléments qui lui étaient traditionnellement étrangers : la soif d'expérience et de connaissance, et la réflexion sur la poésie.

Le brasier

Trois parties composent ce poème, de longueur et de forme variables : dans les cinq quintils[17] d'octosyllabes de la première partie, le héros vient d'accomplir l'holocauste volontaire d'un passé qui pour lui représente la mort, afin de mieux assumer son destin ; les trois strophes irrégulières de la seconde partie le montrent flambant lui-même « dans le brasier à l'ardeur adorable » et recouvrant une vie « renouvelée » par l'épreuve du feu (« Il n'y a plus rien de commun entre moi / Et ceux qui craignent les brûlures ») ; la troisième partie présente sa redescente « des hauteurs où pense la lumière » pour jouir du « spectacle » éternel donné dans le théâtre « bâti avec le feu solide », tout en continuant de participer du feu. Autrement dit, le poète doit se jeter dans le brasier et devenir feu lui-même (se renier et devenir celui-là même qui le renie) pour renaître comme poète, à la fois autre et lui-même (→ PROBLÉMATIQUE 4, pp. 56 et 58-61).

---

16. Lettre à Toussaint-Luca (11 mai 1908).
17. Strophes de cinq vers.

La prise de possession du monde par le lyrisme (1909-1912)

Trois poèmes célèbrent « les noces magiques du monde et de la poésie[18] » : ce sont le *Poème lu au mariage d'André Salmon le 13 juillet 1909*, *Cortège* et *Vendémiaire* sur lequel se clôt le recueil. Apollinaire y proclame la toute-puissance du poète maître du Verbe et par là maître de l'univers.

Il affirme au début du *Poème lu au mariage d'André Salmon* que seuls renouvellent le monde « ceux qui sont fondés en poésie » et qu'« il faudra changer le sens » des paroles. Dans *Cortège et Vendémiaire*, Apollinaire révèle de façon éblouissante la puissance métamorphosante de la poésie sur le monde, étendant le champ de sa vision au temps historique *(Cortège)* et à l'espace géographique *(Vendémiaire)*, et atteignant ainsi à une dimension mythique nouvelle. Mais simultanément, il intègre le monde moderne au domaine lyrique, démarche qu'il avait amorcée dans *Les fiançailles* et qui culminera dans *Zone*. C'est à ce titre qu'on a pu parler du modernisme de ces œuvres.

Cortège

C'est un assez long poème, de forme et de facture irrégulières qui reproduisent peut-être l'allure d'un cortège.

Strophes 1 à 3

Rapport métaphorique ou symbolique entre l'oiseau « Qui nidifie en l'air », ébloui par un « feu oblong » qui « deviendra un jour l'unique lumière », et le protagoniste (le poète). Celui-ci de près est « sombre et terne » et il « [s']éloigner[a] [s']illuminant au milieu d'ombres / Et d'alignements d'yeux des astres bien-aimés ».

Corps du poème (v. 19-65)

Récit du protagoniste à la recherche de son identité propre qu'il ignore, alors qu'il connaît tout des autres et qu'il a les pouvoirs de les « refaire » ou s'arroge le droit de les « ressusciter » ; il contemple le

18. Philippe Renaud, *Lecture d'Apollinaire*, p. 84.

cortège historique et mythique, dont lui-même ne fait pas partie. Le cortège le construit, le « bâtit peu à peu comme on élève une tour » tandis qu'il assume l'histoire de l'humanité qui l'a précédé :

> Tous ceux qui survenaient et n'étaient pas moi-même
> Amenaient un à un les morceaux de moi-même

Des participants au cortège, il reçoit aussi sa langue, son instrument de poète :

> Et le langage qu'ils inventaient en chemin
> Je l'appris de leur bouche et je le parle encore

Quatrains

Méditation sur le passage et le passé auprès duquel « demain est incolore », essentiels à la prise de conscience du poète par lui-même.

Dans *Cortège*, la réalité quotidienne prend une importance grandissante (qui n'exclut pas les rappels historiques ni l'inclusion du merveilleux) ; elle apparaît dans le ton même, dans l'absence apparente de recherche des longs vers libres qui coexistent avec les alexandrins classiques et avec des vers très courts. L'emploi du pronom personnel *Je*, comme dans les poèmes lyriques et comme déjà dans l'art poétique du *Brasier*, assimile explicitement le personnage et l'auteur, qui ont tous deux le même prénom : « Je me disais Guillaume il est temps que tu viennes ». On voit ainsi comment *Cortège* annonce *Zone* (→ PROBLÉMATIQUES 2, p. 33, et 5, p. 74).

Vendémiaire

Le titre de ce long poème (174 vers, alexandrins pour la plupart, groupés de façon tout à fait irrégulière) suggère à la fois le calendrier révolutionnaire[19] et l'image des vendanges et du vin. Par ce titre, le poème fait figure de manifeste : c'est la première œuvre publiée sans ponctuation. C'est aussi une métaphore de l'imagination poétique dont le vin est à la fois la source et le symbole.

19. « Vendémiaire » est le nom du premier mois de l'automne et de l'année dans le nouveau calendrier institué par la Révolution française.

Organisation du poème

Strophes 1 à 4

Sorte de prologue. Invocation aux « Hommes de l'avenir » qui situe dans le passé déjà « l'époque » d'Apollinaire. Évocation de la nuit de Paris conçue comme une vigne dont les rameaux (« les pampres ») sont des constellations (« astres mûrs ») où se nourrit l'imagination créatrice (« ivres oiseaux ») et qui attendent « la vendange de l'aube ».

Strophes 5-6

La chanson de Paris appelant les villes « de France et d'Europe et du monde » : « J'ai soif ».

Strophes 7 à 24

Réponses des villes : villes bretonnes (7) ; villes du Nord (8-9) ; Lyon (10-11) ; villes du Midi (12-13) ; villes de Sicile (14-18) ; Rome (19-21) ; villes allemandes (22-23) ; villes du monde « par centaines » (24).

Strophes 25 à 29

Réponse aux chants des villes, donnée par le poète (→ PROBLÉMATIQUES **4, p. 62,** et **6, p. 83**) :

> Je vous ai bus et ne fus pas désaltéré
> Mais je connus dès lors quelle saveur a l'univers

et qui s'adresse aussi aux « Hommes de l'avenir » (v. 1) :

> Écoutez mes chants d'universelle ivrognerie

Évocation de la nuit qui s'achève et de la naissance du jour.

Les sources de l'inspiration poétique

Comme dans *Cortège*, Apollinaire revendique comme sienne toute la culture du monde (avec les réponses des villes). Les villes lui proposent l'inspiration celtique (7), l'univers mécanique de « nos saintes usines » (9), l'histoire des martyrs chrétiens (11), la culture antique (15-18, 20) et le dogme chrétien (20), etc. Il revendique pour lui l'histoire et la géographie mais aussi « les animaux, les plantes », « les destins et les astres qui chantent », « Et le docile fer », « le feu », « l'éclair »,

Et tout ce que je ne sais pas dire
Tout ce que je ne connaîtrai jamais

Déjà « ivre d'avoir bu tout l'univers » (26), Apollinaire affirme son désir de recommencer. On trouve là un des traits les plus fondamentaux de sa personnalité de poète, la volonté de faire reculer les frontières de l'univers poétique jusqu'à l'infini.

LE SYMBOLISME DE PARIS

« Je suis le gosier de Paris », affirme le poète (27). La ville, évoquée ponctuellement (« en rentrant à Auteuil », les quais, la Seine) est intimement liée au moment (la nuit) qui favorise la création poétique, comme dans *La Chanson du Mal-Aimé* et *Zone* (→ PROBLÉMATIQUE 2, p. 10). Mais Paris est aussi le centre de l'art moderne en ces années où naissent les grands mouvements tel le cubisme (→ PROBLÉMATIQUE 1, p. 7). À ce titre, il vendange (6)

[...] le raisin le plus doux de la terre
Ces grains miraculeux qui aux treilles chantèrent

et c'est pourquoi Apollinaire affirme son appartenance à cette ville dont il a fait connaître les peintres et dont il se veut le chantre.

La modernité (automne 1912)

Zone

Ce poème, le dernier des arts poétiques d'Alcools, est aussi un grand poème lyrique dans lequel Apollinaire, bouleversé par sa rupture avec Marie Laurencin (→ PROBLÉMATIQUES 1, p. 8, et 2, p. 17), fait une sorte de point sur les événements de sa vie et sur le monde qui l'entoure (→ LECTURE 1, p. 86).

À l'autobiographie appartiennent les souvenirs de son enfance méridionale, unique période religieuse de sa vie, l'allusion à l'épisode qui, « Comme un criminel », l'a mené à la prison de la Santé (→ PROBLÉMATIQUE 2, p. 27), et l'évocation de ses deux grands amours :

Tu as souffert de l'amour à vingt et à trente ans
J'ai vécu comme un fou et j'ai perdu mon temps

Au monde extérieur appartiennent les rappels de ses voyages (à Prague, Marseille, Coblence, Rome, Amsterdam), les gens qu'il a vus à Paris (émigrants de la gare Saint-Lazare, Juifs de la rue des Rosiers, « malheureux » d'un « bar crapuleux », « pauvre fille au rire horrible », « laitiers [qui] font tinter leurs bidons »), les allusions au monde moderne (la tour Eiffel), la « jolie rue » et « les belles sténo-dactylographes »), l'invocation au Pape qui, pour lui et par contraste avec l'Antiquité gréco-latine, symbolise la modernité (→ PROBLÉMATIQUE **5, pp. 64, 71-72** et 74).

Un lyrisme neuf

L'ambiguïté (et la modernité) de ce poème viennent de l'emploi de la juxtaposition :

– juxtaposition des personnes *Je* et *Tu*. L'une et l'autre désignent Apollinaire, parfois dans la même phrase (voir les vers cités au paragraphe précédent et p. 17) ;

– juxtaposition des époques : l'emploi systématique du présent pour évoquer indifféremment des faits actuels ou passés, élimine la dimension temporelle et reflète la vivacité des souvenirs. Inversement, un même souvenir peut être rappelé successivement au présent, puis au passé :

> Épouvanté tu te vois dessiné dans les agates de Saint-Vit
> Tu étais triste à mourir le jour où tu t'y vis
> Tu ressembles au Lazare affolé par le jour

On reconnaît là une manière d'écrire inspirée par l'esthétique cubiste : la juxtaposition d'un très grand nombre de points de vue sur la même personne. Mais la multiplicité des fragments juxtaposés est aussi un trait constitutif de la personnalité d'Apollinaire : il l'utilisait déjà dans *Cortège* et on la retrouve, dans *Vendémiaire*, avec la diversité des villes, dont chacune chante sa culture (→ PROBLÉMATIQUE **2, pp. 31-32**).

Linéarité et circularité

Comme les poèmes élégiaques du recueil et les autres poèmes du cycle de Marie, *Zone* s'inscrit dans notre temps linéaire où le passé est à jamais perdu, l'évocation des souvenirs étant impuissante à faire revenir les événements dont ils sont la trace. Mais, par ailleurs, le titre du poème (*Zone* vient d'un mot grec qui signifie « ceinture ») nous invite à y dégager une structure circulaire. On y découvre l'errance sans progression, du matin au matin suivant, d'un héros lassé de sa culture et de sa vie passée. Il finit par aller « Dormir parmi [s]es fétiches d'Océanie et de Guinée » qui sont « les Christ inférieurs des obscures espérances », tandis que se lève le soleil (autre cercle) que sa forme et sa couleur associent à l'image de mort du cou coupé (→ PROBLÉMATIQUES 4, p. 57, et 6, p. 77).

ZONE ET VENDÉMIAIRE

Par rapport à *Vendémiaire*, la modernité de *Zone* s'exprime de deux manières : par l'abandon de la rime et de l'alexandrin au profit du long vers libre et par l'abandon du symbolisme de la ville (Paris) au profit d'un intérêt délibéré pour le moderne et le quotidien quel qu'il soit. Mais sur le plan thématique, *Zone* s'oppose à *Vendémiaire* (écrit avant lui) qui est un poème à la gloire de la création poétique : *Zone* s'ouvre à une esthétique nouvelle sans le dire explicitement et se referme sur des images de solitude, de désenchantement, de mort. L'ambiguïté y est donc plus grande, la modernité poétique aussi, parce que le poète attend du lecteur un plus grand effort d'imagination.

3 Structures d'*Alcools*

UNE LECTURE LINÉAIRE

Les poèmes d'*Alcools*, écrits entre 1898 et 1912, ne sont pas classés dans l'ordre de leur composition.

L'ouvrage, qui va de *Zone* à *Vendémiaire*, tous deux centrés sur les rapports de l'individu et du monde, témoigne d'une préoccupation thématique : il s'ouvre sur une œuvre qui chante la lassitude « de ce monde ancien » ; il s'achève sur un hymne à la création poétique qui revendique comme sienne toute la culture du monde et célèbre la soif d'un univers nouveau.

À la première lecture, on dégage un itinéraire allant d'un pessimisme initial à un optimisme marqué, passant par deux sortes d'étapes contradictoires et plusieurs fois alternées : les évocations d'un monde en perpétuel devenir où le regret, le désespoir, le suicide guettent l'homme, et les actes de foi en la poésie qui seule renouvelle le monde (→ PROBLÉMATIQUE 4, pp. 51 et 63).

UNE ARCHITECTURE CUBISTE

Mais on sait que *Vendémiaire*, le dernier poème d'*Alcools*, a été composé trois ans avant *Zone* qui ouvre le recueil. Par ailleurs, l'organisation complexe de l'œuvre entremêle arts poétiques et poèmes élégiaques, évocations des amours passées et hymnes au renouvellement créateur.

On peut parler là d'une architecture cubiste. Apollinaire fait alterner continuellement des points de vue et des émotions contradictoires. Il morcelle les évocations d'expériences, de choses vues, les actes de foi. Il cherche à créer, en juxtaposant les fragments, une sensibilité et un regard neufs chez le lecteur.

Mais l'étude d'*Alcools* permet aussi de dégager des structures organisatrices d'ensemble, analogues à celles que nous avons étudiées dans tel ou tel poème.

LA SYMÉTRIE EN MIROIR

Nous l'avons étudiée dans *La Chanson du Mal-Aimé* et dans la suite des *Rhénanes* (→ PROBLÉMATIQUE **2, pp. 14** et 25) : elle relève, de part et d'autre d'un axe, des éléments (thèmes, images, sonorités, etc.) qui se répondent ou s'opposent terme à terme. À l'échelle du recueil, elle souligne, dans les poèmes extrêmes *Zone* et *Vendémiaire*, l'unité de lieu (Paris), de temps (de la nuit au matin[1]), d'action (errance du personnage qui rentre vers Auteuil).

En progressant vers le centre de l'ouvrage, on trouve (en son début et à la fin) des poèmes ou des groupes de poèmes qui se répondent :

- → *Zone*
- → *Le Pont Mirabeau* : passage du temps, de l'amour, des souvenirs
- → *La Chanson du Mal-Aimé* : suite lyrique
- → *Les colchiques* : impossibilité de l'amour
- → *Palais* : lié à l'esthétique symboliste
- → Différents poèmes rhénans et poèmes liés à Annie, parmi lesquels se trouve *Cortège* : art poétique exaltant le passé
- ...
- → *Les fiançailles* : art poétique et poème d'amour
- → *Clair de lune* : lié à l'esthétique symboliste
- → *1909* : impossibilité de l'amour
- → *À la Santé* : suite lyrique
- → *Automne malade*, *Cors de chasse* : passage du temps, de l'amour, des souvenirs
- → *Vendémiaire*

1. Même si *Zone* s'étend du matin au matin, les deux poèmes ont en commun la nuit et le lever du jour.

Cette organisation n'est pas rigoureuse mais elle est réelle. En poursuivant, on arriverait à isoler, en fonction de pivot au centre du recueil, *Le brasier*. Cette suite poétique capitale met en œuvre le feu, instrument de mort symbolique du héros, qui renaît purifié de l'holocauste de son passé et accède à la création poétique dont le feu est aussi le symbole (→ PROBLÉMATIQUES **2, p. 29** et **4, pp. 58-61**).

LA CIRCULARITÉ

Alcools s'ouvre sur le mot « fin » :

> À la fin tu es las de ce monde ancien
> (*Zone*, v. 1)

et s'achève sur l'image de la naissance du jour :

> Les étoiles mouraient le jour naissait à peine
> (*Vendémiaire*, dernier vers)

Ainsi ce dénouement, qui évoque un commencement, renvoie-t-il au début qui semble être la conclusion d'une réflexion. On retrouve donc le schéma circulaire, déjà étudié dans *La Chanson du Mal-Aimé* (→ PROBLÉMATIQUE **2, p. 14**) puis dans *Zone* (→ PROBLÉMATIQUE **2, p. 34**) : celui par lequel la fin d'une œuvre renvoie à son début qui paraît s'enchaîner logiquement à elle. Cette circularité est rappelée, au niveau thématique, par les allusions aux grands cycles naturels (celui du jour et de la nuit, celui des maisons) qui suggèrent l'éternel recommencement.

ORGANISATION INTERNE

La circularité et la symétrie en miroir permettent de rendre compte de l'organisation de certains poèmes entre eux.

Zone, Le Pont Mirabeau, La Chanson du Mal-Aimé : ce sont deux longs poèmes circulaires (→ PROBLÉMATIQUE **2, pp. 14** et **34**), placés de part et d'autre d'un poème court dont l'image structurelle est celle du pont. Les images des premières strophes de *La Chanson* (taverne, femme saoule, cicatrice, sang) sont de même nature que celles sur lesquelles finit *Zone* (femmes exsangues, bar crapuleux, ventre couturé, baiser qui humilie la bouche) ; elles donnent la même représentation d'un amour avilissant, comme s'il y avait continuité entre les deux poèmes. Semblables aussi la solitude et l'angoisse de celui qui erre dans la grande ville :

> Comme si tu ne devais plus jamais être aimé
> *(Zone)*

Mais *Zone* qui commence dans l'allégresse finit dans la détresse, tandis que dans *La Chanson*, c'est l'inverse. Tout se passe comme si *La Chanson* commençait au point précis où *Zone* finit et comme si le désir affirmé d'une poésie nouvelle (par où commence *Zone*) faisait suite à l'avènement du Mal-Aimé en poésie (par où se termine *La Chanson*).

Zone, La Chanson du Mal-Aimé, Vendémiaire : on trouve de même une continuité de thèmes et d'images entre ces poèmes dont le dernier est en quelque sorte une résolution des problèmes posés par les deux autres.

Entre la fin de *La Chanson* et le début de *Vendémiaire*, la symétrie en miroir (→ PROBLÉMATIQUE 3, p. 37) fait correspondre les rois qui meurent et les astres dans le ciel. Ces images, funestes dans *La Chanson*, sont au contraire porteuses d'espoir dans *Vendémiaire* puisque la mort des rois fait place à l'ordre nouveau et que les astres deviennent des grains de raisin d'où sortira le vin, symbole du Verbe poétique. Entre le début de *La Chanson* et la fin de *Vendémiaire*, la correspondance se retrouve entre les lumières sur la brique, « Plaies du brouillard sanguinolent », et « Les feux rouges des ponts s'éteign[ant] dans la Seine » ; mais ces derniers, proches de la réalité, ont perdu leur impact dramatique.

Le schéma est le même entre la fin de *Zone* et le début de *Vendémiaire*, puisqu'à l'image du « Soleil cou coupé » de l'un, qui évoque le sang et la parole châtrée[2], répond dans l'autre la « gorge profonde » où coule le vin (inspiration) et d'où jaillit la parole poétique. On a vu plus haut comment la fin de *Vendémiaire* renvoie au début de *Zone*.

---

2. L'expression est de Philippe Renaud dans *Les Trajets du Phénix* dont nous nous inspirons ici (voir la bibliographie, p. 128).

Tout se passe donc comme si la circularité et la symétrie en miroir étaient les principales structures organisatrices d'*Alcools*, structures non évidentes à prime lecture, mais dont il est aisé de dégager le fonctionnement, tant à l'échelle du détail (poème, groupe de poèmes) qu'à l'échelle du recueil dans son ensemble[3]. L'intérêt poétique de la structure circulaire est de rendre possible l'éternel retour des interrogations, de laisser place à l'alternance des humeurs, de respecter le caractère provisoire des solutions. Ainsi, par rapport au schéma linéaire un peu artificiel d'*Alcools*, une lecture circulaire cerne mieux la réalité de l'univers de son auteur.

3. On pourrait étudier aussi le rôle non négligeable que joue la symétrie parallèle (de début à début, de centre à centre, de fin à fin).

4 Les thèmes

En même temps qu'elle présente une extrême richesse, un foisonnement complexe d'idées et d'images, la poésie d'*Alcools* se caractérise par une très grande unité d'ensemble. Cette cohérence du recueil tient essentiellement à deux raisons. La plus évidente est l'omniprésence d'Apollinaire dans ses poèmes : il y apparaît soit comme individu riche d'une expérience personnelle dont il nous fait part, soit comme poète témoignant des difficultés, des souffrances et des joies de la création littéraire. À un autre niveau, la multiplicité des thèmes semble s'ordonner autour d'un principe d'opposition, par lequel des concepts contraires, comme l'eau et le feu, l'ombre et la lumière, la fable et la réalité concrète, s'attirent, se mettent l'un l'autre en valeur, forment des couples. Thèmes nocturnes et thèmes solaires, éléments féminins et masculins, alternent ainsi suivant un mouvement qui régit tout le recueil.

On peut alors, avec Philippe Renaud[1], placer au centre de l'œuvre l'image du Phénix[2] de *Zone* et du début de *La Chanson du Mal-Aimé* : cet oiseau mythique symbolise ainsi la fusion des thèmes antithétiques d'*Alcools* ; nous les regrouperons, sans nous dissimuler le caractère schématique du procédé, en deux ensembles : le versant ombre et le versant lumière, les thèmes de la Mort et ceux de la Renaissance.

---

1. *Lecture d'Apollinaire*, dont nous nous inspirons souvent dans ce chapitre (voir la bibliographie p. 128).
2. Rappelons que dans la mythologie égyptienne, le Phénix est un oiseau fabuleux qui, vivant plusieurs siècles, se brûlait lui-même sur un bûcher, et renaissait de ses cendres.

Sous ses diverses manifestations, la mort est un thème obsédant, qui se retrouve à toutes les étapes de la composition d'*Alcools*. Le thème est en général traité suivant deux modes complémentaires : Apollinaire est d'abord sensible au caractère transitoire du monde et de l'homme, à la déperdition de la vie, à la fuite du temps ; la mort, dans ce cas, est liée au sentiment que l'existence s'écoule d'une manière inéluctable. La mort est aussi considérée comme un état définitif, irrémédiablement coupé de la vie, et non plus comme une perspective future ou un changement vécu.

L'automne

Symbole du passage de la vie à la mort, c'est la saison de prédilection du poète. On la trouve explicitement nommée dans les titres de plusieurs poèmes, *Automne, Rhénane d'automne, Automne malade*, ou implicitement évoquée : *Les colchiques, Cors de chasse, Vendémiaire*[3].

Saison de prédilection, mais à laquelle Apollinaire se sent « soumis » par le destin astrologique qui fait le sujet de *Signe*[4] :

> Je suis soumis au Chef du Signe de l'Automne

La fatalité automnale prend ici une valeur qui dépasse un simple jeu littéraire hérité des romantiques et des symbolistes ; elle caractérise la nature profonde du poète (« Mon automne éternelle ô ma maison mentale »), sensible à la dévastation douloureuse de la marche vers la mort. Que les poèmes automnaux évoquent la mort de la saison n'a rien de surprenant. Ainsi *L'Adieu* :

> L'automne est morte souviens-t'en

et *Automne* :

> Oh ! l'automne l'automne a fait mourir l'été

---

3. Voir p. 31, note 19.

4. Né un 26 août, Apollinaire est du signe de la Vierge, sous lequel débute l'automne.

Le verbe « mourir » se retrouve également dans *Automne malade* et *Cors de chasse*.

L'atmosphère de l'automne apollinarien est un mélange de mouvements et de sensations, fondus en une tonalité d'ensemble empreinte de mélancolie. Une douceur poignante se dégage des paysages automnaux. La « couleur de cerne et de lilas » (*Les colchiques*) y domine, ainsi que la grisaille d'*Automne* :

> Dans le brouillard s'en vont deux silhouettes grises

La nostalgie du temps passé est évoquée par les senteurs de *L'Adieu* :

> Odeur du temps brin de bruyère

Cette même nostalgie est sensible dans les sonorités des deux vers qui terminent *Cors de chasse* :

> Les souvenirs sont cors de chasse
> Dont meurt le bruit parmi le vent

Une musique triste et douce s'élève ainsi de l'automne « adoré », faite des chansons de paysans (*Les colchiques, Automne*), de murmures des eaux et du vent (*Mario, Rhénane d'automne*), de gémissements de bêtes et de sanglots ; cette musique comporte une charge affective, suscite un élan sentimental que le poète se plaît à souligner lui-même dans *Automne malade* :

> Et que j'aime ô saison que j'aime tes rumeurs
> Les fruits tombant sans qu'on les cueille
> Le vent et la forêt qui pleurent
> Toutes leurs larmes en automne feuille à feuille

La fuite du temps

La fuite du temps est très souvent liée à l'atmosphère automnale : elle s'exprime à travers une représentation spatiale et temporelle caractérisée par l'étirement et la lenteur. Deux vers du poème *À la Santé* résument assez bien ce double aspect du thème de la mort-passage :

> Que lentement passent les heures
> Comme passe un enterrement

Les silhouettes entrevues dans la lumière grise d'*Automne* s'en vont vers un « là-bas » invisible, et leur marche se développe sur un rythme lent (que l'on trouvait déjà dans le mouvement des *Colchiques*) :

> Dans le brouillard s'en vont un paysan cagneux
> Et son bœuf lentement dans le brouillard d'automne

La lenteur des démarches symbolisant le passage de la vie à la mort entoure les cortèges qui, dans quelques poèmes, traversent l'univers imaginaire d'Apollinaire. Voici les *Saltimbanques* qui « s'éloignent au long des jardins », frères des tziganes de *Mai* :

> Sur le chemin du bord du fleuve lentement
> Un ours un singe un chien menés par des tziganes
> Suivaient une roulotte traînée par un âne
> Tandis que s'éloignait dans les vignes rhénanes
> Sur un fifre lointain un air de régiment

La valeur durative des imparfaits, la répétition de l'idée d'éloignement visuel et sonore, donnent à cette strophe une expression exemplaire du thème du cortège en marche : les errants semblent descendre lentement dans le monde des morts.

Le caractère obsédant d'une image liée très étroitement au thème de l'écoulement des choses et à la fuite du temps mérite une mention particulière ; c'est celle de l'eau du fleuve, version concrète de la métaphore d'*Automne malade* : « La vie s'écoule ».

La fonction de cette image s'apparente à celle du cortège : une représentation spatiale de la fuite du temps. Dans la majorité des poèmes d'*Alcools*, l'eau se présente comme un élément féminin, par lequel l'image de la femme aimée disparue est associée à la représentation de l'eau qui coule. Féminine par ses créatures mythologiques, les « déités » qui « laissent couler leurs cheveux » (*Clotilde*), par le rappel constant de la femme aimée, l'eau du fleuve est le véhicule mélancolique destiné à emporter, sous *Le Pont Mirabeau*, les jours, les semaines, les amours du poète. Processus irréversible, mouvement à la lenteur monotone, le passage de l'eau est régulièrement associé à l'agonie automnale dont il représente souvent la voix murmurante ou grave :

Sais-je où s'en iront tes cheveux
Et tes mains feuilles de l'automne
Que jonchent aussi nos aveux

Je passais au bord de la Seine
Un livre ancien sous le bras
Le fleuve est pareil à ma peine
Il s'écoule et ne tarit pas
Quand donc finira la semaine

(*Marie*)

On retiendra enfin, parmi les attributs du fleuve, la tonalité sombre liée au pouvoir d'évocation des ombres, symboles funèbres dans *Le voyageur*, motifs du passage et du souvenir dans *Les fiançailles* :

Et sombre sombre fleuve je me rappelle
Les ombres qui passaient n'étaient jamais jolies

L'eau de mort

En même temps que par son caractère fuyant et insaisissable, l'eau s'intègre au processus de mort parce qu'elle cause elle-même la perte de la vie : elle est en effet le tombeau des noyés. Ce n'est pas un hasard si, parmi les créatures mythiques, les poèmes d'*Alcools* laissent une place importante aux personnages de légende qui, morts par noyade, symbolisent la folie ou le mal d'aimer.

De la suite des noyés qui s'avance à travers *Alcools* (les « nageurs morts » de *La Chanson du Mal-Aimé*, les « regards mourants » du *Voyageur*, les « cadavres de jours » de *L'Émigrant de Landor Road*), trois figures ressortent particulièrement. La première est Ophélie qui, dans la tragédie de Shakespeare *Hamlet*, devient folle et meurt en se noyant. Il s'agit ici du fleuve

[...] sur lequel flottait Ophélie
Qui blanche flotte encore entre les nénuphars

(*Poème lu au mariage d'André Salmon*)

Autre figure de noyée, la Loreley qui, du haut d'un rocher, se « mire » dans le fleuve :

Elle se penche alors et tombe dans le Rhin
Pour avoir vu dans l'eau la belle Loreley
Ses yeux couleur du Rhin ses cheveux de soleil

(*La Loreley*)

Il faut remarquer, dans ces deux exemples, que l'eau du fleuve ne court plus (puisqu'elle permet la présence de nénuphars, plantes des eaux stagnantes, et qu'elle est assez lisse pour tenir lieu de miroir). Eaux dormantes, presque figées, dont la quasi-immobilité évoque celle des fleuves infernaux, le Styx et le Léthé[5], elles prolongent éternellement l'état de mort.

La troisième figure de noyé est celle de Louis II de Bavière, cousin de la fameuse impératrice d'Autriche Sissi. Il régna sur la Bavière jusqu'en 1886. Amateur d'art, il s'intéressa à Wagner et fit construire de nombreux châteaux. Il devint fou et mourut en se noyant dans un lac. Ce personnage occupe, dans *La Chanson du Mal-Aimé* et dans l'ensemble d'*Alcools*, une position centrale. Les quatre strophes (51 à 54) qui lui sont consacrées dans *La Chanson du Mal-Aimé* suivent en effet de près le refrain central du poème, refrain qui intervient ici pour la troisième et dernière fois (strophe 49) :

Voie lactée ô sœur lumineuse
Des blancs ruisseaux de Chanaan
Et des corps blancs des amoureuses
Nageurs morts suivrons-nous d'ahan
Ton cours vers d'autres nébuleuses

Louis II est un de ces « nageurs morts ». Les quatre strophes où Apollinaire parle ensuite de lui offrent un enchaînement d'images très riches, centrées sur le thème de l'eau, symbole de mort.

L'eau de mort où se noie le roi-cygne (cet oiseau est l'emblème de Louis II de Bavière) y est caractérisée par la dominante du « blanc » : « un lac blanc », « l'eau d'argent ». Cette couleur est étroitement liée à deux autres images en rapport avec la « Voie lactée » du premier refrain :

---

5. Dans la mythologie grecque, ces deux fleuves, au centre de la terre, encerclent et délimitent le territoire des Enfers, où se retrouvent les âmes des morts.

– celle des astres du firmament, dont la lumière froide et tremblante est synonyme de folie (« ces grelottantes étoiles », « quand vacillent les lucioles ») ; sur cette voie, les hommes sont menés passivement, par une musique démoniaque, vers un destin de malheur ;
– celle du lait (« lactée » en rapport avec « lac ») : le lait d'Héra[6], déesse lunaire de la maternité dans la mythologie grecque, et celui des « blancs ruisseaux de Chanaan[7] ». Cette image impose d'autre part une forte présence féminine, renforcée par l'idée de « sœur lumineuse » et des « corps blancs des amoureuses ».

L'ensemble du réseau thématique de ces strophes de *La Chanson du Mal-Aimé* conduit ainsi à une féminisation mortelle de l'eau : les Sirènes poussent au suicide, par leurs chants, le roi-artiste Louis II de Bavière, qui s'avère impuissant à accomplir son destin créateur. Si *La Chanson du Mal-Aimé* s'apparente davantage à une aventure poétique qu'à un récit autobiographique, alors Louis II pourrait être l'ultime forme infantile du Héros de poésie ; il serait son Double, incapable d'échapper à l'emprise de la Femme, de la Mère, et condamné à rester à jamais muet par l'absorption de l'eau de mort. On verra plus loin quelle voie différente suivra le Poète lui-même.

Le crépuscule et l'ombre

De tous les concepts contraires dont le mouvement alterné paraît être essentiel dans l'écriture poétique d'Apollinaire, le couple ombre-lumière est un des plus difficiles à dissocier. D'ailleurs l'ombre est assez souvent représentée dans *Alcools* avec, dans un contexte immédiat ou lointain, la source éclairante qui la fait naître. Ainsi, le quatrain central de *Clotilde* montre bien la nécessaire interdépendance entre soleil et ombre formée par un corps opaque. Mais, si l'on doit souligner l'importance de cette étroite relation, il n'en faut pas pour autant omettre l'aspect crépusculaire de l'ombre, à l'heure indécise où se confondent le jour et la nuit : c'est l'heure où sonne,

6. Dans la mythologie grecque, la Voie lactée provient de gouttes de lait échappées du sein d'Héra.
7. Dans la Bible, Chanaan est un des noms de la Terre Promise, où coulent des ruisseaux de lait et de miel. La Terre Promise est le lieu que cherchent les Hébreux en fuite, sous la conduite de Moïse.

par exemple, la mort du sacristain à la fin du poème *Les femmes*. On est alors amené à constater une double utilisation du thème dans le recueil, suivant que le nombre du substantif est le pluriel ou le singulier, et à différencier les ombres, crépusculaires ou nocturnes, et l'ombre portée, dont la lumière dessine nettement les contours.

Les ombres crépusculaires

Les ombres indécises, nous les avons vues, dans un contexte automnal, en union étroite avec le thème de l'écoulement du fleuve (*Le voyageur* et *Les fiançailles*). Comme l'eau courante, elles passent en errant, sans destination précise, formant, elles aussi, un cortège hésitant :

> Les ombres contre le mont perpendiculaire
> Grandissaient ou parfois s'abaissaient brusquement
> Et ces ombres barbues pleuraient humainement
> En glissant pas à pas sur la montagne claire
>
> (*Le voyageur*)

Pas plus que les personnages crépusculaires des *Colchiques* et d'*Automne*, ces ombres n'ont de consistance solide ni de contours précis ; elles présentent le caractère « équivoque » et « sombre » du crépuscule du *Larron*.

Ce peuple mystérieux de fantômes et d'âmes en peine vient parfois se mêler aux vivants :

> La foule en tous les sens remuait en mêlant
> Des ombres sans amour qui se traînaient par terre
>
> (*L'Émigrant de Landor Road*)

Mais la nature imprécise de ces ombres s'accorde mieux à l'univers magique des sorciers et des fées de *Crépuscule*, spectateurs d'une parade de rêve :

> Frôlée par les ombres des morts
> Sur l'herbe où le jour s'exténue
> L'arlequine s'est mise nue

Ces ambiguïtés semblent être volontaires chez le poète. Bien que les ombres soient incontestablement rattachées aux thèmes de mort, nous préférerons, plutôt qu'un symbolisme précis, leur accorder une fonction d'« ambiance », la valeur d'un décor d'illusion dans le grand mouvement de fuite vers la mort qui caractérise tant de poèmes d'*Alcools*.

L'ombre portée

Beaucoup plus nettes, en revanche, sont les images amenées par l'ombre portée (Apollinaire, rappelons-le, n'emploie le mot qu'au singulier dans ce sens). Deux strophes de *La Chanson du Mal-Aimé* marquent bien cette singularité, puisqu'il s'agit de l'ombre du poète ; relisons-les :

> Et toi qui me suis en rampant
> Dieu de mes dieux morts en automne
> Tu mesures combien d'empans[8]
> J'ai droit que la terre me donne
> Ô mon ombre ô mon vieux serpent
>
> Au soleil parce que tu l'aimes
> Je t'ai menée souviens-t'en bien
> Ténébreuse épouse que j'aime
> Tu es à moi en n'étant rien
> Ô mon ombre en deuil de moi-même

L'ombre est indissociable de la personne du poète qu'elle suit, avec la fidélité d'une épouse fatale (voir *Signe*), et les liens de la possession sont extrêmement marqués (« Mon ombre », « tu es à moi ») ainsi que ceux d'une affectivité profonde (« je t'ai menée », « que j'aime »). Ses contours sont précis, puisqu'elle mesure la longueur de la fosse mortuaire. À l'évidence, elle est symbole de mort, de la mort du poète dont elle porte le deuil. Mais Apollinaire voit moins dans l'ombre l'image d'un trépas futur, que tout ce qui est déjà mort pour lui, c'est-à-dire son passé, ses « dieux morts en automne », qui ont illuminé autrefois, par contraste, son ombre.

L'ombre, c'est la vie passée, maintenant morte, mais partie intégrante de la personnalité du poète, et preuve de sa vie présente, malgré sa vacuité (« en n'étant rien »). Aussi bien, perdre son ombre, c'est perdre la vie, comme le montre une image de *La Chanson du Mal-Aimé*, où l'expression « vendre son ombre » est sensiblement

8. Empans : mesure de longueur représentant la largeur de la main, doigts écartés.

synonyme de « vendre son âme », dans un contexte de mort. Il s'agit de tous ceux qui auraient vendu leur âme pour l'amour d'une femme, comme Faust pour Marguerite :

> [...] les pauvres fameux
> Pour elle eussent vendu leur ombre

Par un processus inverse, les ressuscités de *La maison des morts* retrouvent avec joie leur consistance corporelle et, en même temps, leur ombre, « vie passée », mais également signe de réalité présente :

> Les morts se réjouissaient
> De voir leurs corps trépassés entre eux et la lumière
> Ils riaient de leur ombre et l'observaient
> Comme si véritablement
> C'eût été leur vie passée

On verra plus loin, avec les thèmes solaires, le rôle que jouera l'image de l'ombre du passé dans la représentation des pouvoirs du poète.

Le souvenir

Le thème du souvenir chez Apollinaire, par rapport aux autres poètes qui ont chanté la conservation de la mémoire, les romantiques en particulier, apparaît assez original. Ainsi, chez Hugo (*Tristesse d'Olympio*) ou Lamartine (*Le Lac*), le caractère sacré du souvenir permet de revivre intégralement une période d'un passé heureux, et de la garder en soi pour toujours. Dans *Alcools*, en revanche, le souvenir n'est jamais associé au bonheur, à la joie de vivre : c'est un thème de mort. Le souvenir est un constat de malheur et sanctionne la perte douloureusement irrémédiable du passé.

Cette originalité dans l'expression du souvenir se renforce avec la représentation d'une attitude qui, chez le poète, lui est fréquemment associée : le regard en arrière, le geste du poète qui se retourne pour contempler son passé mort. On peut rapprocher cette image de la légende d'Orphée. Ce héros grec, remontant des Enfers avec, derrière lui, l'ombre de son épouse Eurydice, désobéit à l'ordre qu'on lui a donné de ne pas se retourner pour la contempler ; ce faisant, il renvoie définitivement Eurydice dans le monde de la mort.

Ce mode de vision est particulièrement bien décrit dans le poème *Mai*. Le mouvement du fleuve qui emporte la barque du poète oblige celui-ci à porter son regard en arrière pour fixer les objets :

> Or des vergers fleuris se figeaient en arrière
> Les pétales tombés des cerisiers de mai
> Sont les ongles de celle que j'ai tant aimée
> Les pétales flétris sont comme ses paupières

Le paysage, en s'éloignant, se fige dans l'espace, mais aussi, comme par voie de conséquence, dans le temps ; ce printemps, si proche de l'automne par la flétrissure, évoque alors la femme aimée et perdue à jamais.

Cette fixation du passé par le regard détourné se retrouve souvent dans *Alcools*, avec quelques variantes, mais une même signification. Ce sont, entre autres, la « descente à reculons » dans *La Chanson du Mal-Aimé*, le recul de la vie dans *Zone*, le long regard que *L'Émigrant de Landor Road* jette, du pont de son navire, sur « les rives qui moururent ». Ce geste, dans *Les fiançailles*, est lourd de malheur :

> J'ai eu le courage de regarder en arrière
> Les cadavres de mes jours
> Marquent ma route et je les pleure

Telle est la première image du poète que nous rencontrons dans *Alcools* ; il se tourne vers un passé malheureux, vers une histoire « noble et tragique », dans cette attitude douloureuse, mais qu'il ne peut pas éviter, qu'il recherche même :

> Passons passons puisque tout passe
> Je me retournerai souvent
> (*Cors de chasse*)

La vie s'enfuit, mais le poète demeure pour en fixer le souvenir par son regard, tel Orphée.

On comprend dès lors l'importance que revêt le motif insistant du souvenir dans *Alcools*. En définitive, c'est dans le souvenir que se résume l'un des grands aspects de la poésie d'Apollinaire, celui qu'on pourrait appeler la tentation de l'élégie. Tentation, en effet, de perpétuer le regard en arrière d'Orphée, de remémorer à l'infini la même plainte :

J'entends mourir et remourir un chant lointain
(*La porte*)

Le souvenir ne meurt pas véritablement, car le poète, du moins pendant une période de son itinéraire spirituel, s'écrie, comme le Mal-Aimé parlant de la femme perdue :

Je ne veux jamais l'oublier

Le chant élégiaque célèbre alors cette contemplation du passé mort, mais intact, figé, glacé :

On devient si pur qu'on en arrive
Dans les glaciers de la mémoire
À se confondre avec le souvenir
(*La maison des morts*)

Tel paraît être le sens de l'association, fréquente dans *Alcools*, du souvenir et des images de froid, de glace, d'hiver, d'hibernation dans le passé, dont la plus remarquable peut-être se trouve dans *Palais* :

Or ces pensées mortes depuis des millénaires
Avaient le fade goût des grands mammouths gelés

Les amours mortes

Il peut paraître paradoxal d'insérer le thème de l'amour, de la femme aimée, dans l'ensemble thématique de la mort. C'est pourtant, sur ce point, l'impression qui se dégage de la lecture d'*Alcools* : à une exception près, celle de l'*Audabe*, nulle part ne sont évoquées la passion heureuse, la joie de l'accord sensuel, la tendresse amoureuse. Bien pis, les connotations de l'image de l'amour sont souvent morbides, voire macabres, au mieux mélancoliques. Tout se passe comme si la femme aimée était un obstacle au développement de la personnalité, une entrave à la liberté créatrice.

L'amour faux

Si aimer une femme est un risque dangereux, si l'amour apporte le malheur, c'est d'abord parce que la femme est mal-aimante, et que son amour est faux. Les cinq premières strophes de *La Chanson du Mal-Aimé* sont à cet égard très caractéristiques : les deux êtres ressemblant à la femme aimée que poursuit le poète sont le voyou et la femme saoule ; ils incarnent « La fausseté de l'amour même ». D'ailleurs l'expression « le faux amour » revient encore deux fois dans les strophes suivantes, dans un contexte de malheur et d'adieu définitif.

En quoi l'amour féminin est-il faux ? Ce qui provoque la plainte du Mal-Aimé, ce n'est pas la trahison de la femme, comme a pu la subir le Musset des *Nuits*, mais plutôt le refus d'aimer, la fuite devant la passion masculine. La poésie, ici, ressuscite le vécu, la malheureuse histoire d'amour de Guillaume et Annie Playden (→ PROBLÉMATIQUE **1, p. 6**). En réponse à la fausseté, les réactions du Mal-Aimé sont extrêmement diverses, parfois contradictoires : ces contradictions forment la trame du chant élégiaque, et témoignent du désarroi sentimental. Elles vont ainsi de l'évocation éblouie :

> Pour son baiser les rois du monde
> Seraient morts [...]

à l'absurdité de l'espoir :

> Si jamais revient cette femme
> Je lui dirai Je suis content

à l'affirmation d'une éternelle fidélité...

> Je ne veux jamais l'oublier

... immédiatement contredite :

> Merci que le dernier venu
> Sur mon amour ferme la porte
> Je ne vous ai jamais connue

enfin à l'injure :

> Regret des yeux de la putain
> Et belle comme une panthère

Dans *La Chanson du Mal-Aimé*, les images de blessures sanglantes, d'amertume, de froid, l'invective ordurière, les pleurs, le risque de la folie, la tentation du suicide, accompagnent la lamentation lyrique du Mal-Aimé, son « triste et mélodieux délire ». Ce poème, à lui seul, pourrait résumer l'essentiel du sentiment de l'amour dans *Alcools*. Mais bien d'autres textes portent témoignage du mal d'aimer, comme, pour prendre encore deux exemples, *Zone* :

Ces femmes ne sont pas méchantes elles ont des soucis cependant
Toutes même la plus laide a fait souffrir son amant

ou *Signe* :

Je regrette chacun des baisers que je donne
Tel un noyer gaulé dit au vent ses douleurs

On a vu précédemment (→ PROBLÉMATIQUE 4, p. 47) que la féminisation de l'eau de mort donnait de la femme une image dangereuse ; elle devient responsable de l'échec du poète, ou même de sa possible mort physique. C'est là le point extrême de la représentation de l'amour féminin, telle que nous l'avons esquissée à propos de *La Chanson du Mal-Aimé*.

L'amour défunt

Mais on trouve également dans *Alcools* une autre version des amours mortes, moins angoissante, plus doucement mélancolique, et où apparaît en filigrane, aux côtés d'Annie, la figure de Marie (→ PROBLÉMATIQUE 1, p. 8). Ainsi, dans *Le Pont Mirabeau*, c'est la fin de l'amour qui est associée au mouvement du fleuve :

L'amour s'en va comme cette eau courante

C'est un climat de lassitude attristée, où l'amour est emporté par le temps, sans révolte ni drame, dans la résignation devant l'inéluctable mort des sentiments :

Passent les jours et passent les semaines
Ni temps passé
Ni les amours reviennent

Les amours mortes sont ainsi rappelées par le poète sous la forme d'un bilan où le passif l'emporte, mais où la douleur, parce que le poète a changé et n'est plus le passionné d'autrefois, a perdu de son acuité :

Tu as fait de douloureux et de joyeux voyages
Avant de t'apercevoir du mensonge et de l'âge
Tu as souffert de l'amour à vingt et à trente ans
J'ai vécu comme un fou et j'ai perdu mon temps

(*Zone*)

Le court poème de *L'Adieu* résume assez bien la fusion des thèmes de l'automne, du souvenir, et des amours mortes :

J'ai cueilli ce brin de bruyère
L'automne est morte souviens-t'en
Nous ne nous verrons plus sur terre
Odeur du temps brin de bruyère
Et souviens-toi que je t'attends

Le romantisme élégiaque de l'évocation de l'amour défunt atteint peut-être son expression la plus forte dans *La maison des morts*, où l'imagination fantastique du poète représente les amours éphémères de vivants et de morts, momentanément rendus à la vie, dans une union douce-amère dont le souvenir sera heureux :

Car y a-t-il rien qui vous élève
Comme d'avoir aimé un mort ou une morte [...]
On est fortifié pour la vie
Et l'on n'a plus besoin de personne

LA RENAISSANCE

Avant d'étudier dans leurs formes diverses les thèmes de la renaissance, il convient de rappeler que cette source d'inspiration ne succède pas chronologiquement à celle des poèmes élégiaques. Croire que les poèmes du renouveau forment la suite logique des poèmes de mort serait fausser l'esprit de l'œuvre. En effet, pour prendre deux exemples, *Le Pont Mirabeau* date de 1912 et, inversement, le thème du sacrifice d'où renaît le poète apparaît dès *Merlin et la vieille femme*, un des plus anciens poèmes d'*Alcools*. Tout au plus peut-on parler de tendances : de même que les poèmes rhénans (→ PROBLÉMATIQUE 2, p. 18) regroupent l'essentiel de l'inspiration automnale, de même les thèmes solaires, le feu de l'inspiration lyrique, prennent-ils une importance grandissante à partir de 1908, avec *Le brasier* et *Les fiançailles* : ces thèmes solaires sont à l'origine d'un radical changement de ton que l'on observe dans une nouvelle manière, qui laissera cependant subsister l'élégie.

Il serait donc peu juste, en opposant aux thèmes de mort ceux de renaissance, de parler de relation de cause à effet ; il est préférable de voir dans ces derniers le second moment d'un mouvement : le sacrifice du passé du poète, son propre martyre par le feu, vont le faire renaître à un nouveau lyrisme, lui permettre de découvrir des pouvoirs poétiques amplifiés. Cette transformation aboutit à l'affrontement de l'univers concret et, parallèlement à la connaissance des autres, à la découverte de soi.

Le sang du sacrifice

Le thème du sang versé

Les modalités du sacrifice du passé, sa raison d'être, le profit qu'en retire la personne du poète, sont autant de questions qui peuvent être précisées d'abord par l'analyse du thème du sang versé. Les implications des deux motifs de la renaissance et du sang se trouvent déjà dans *Merlin et la vieille femme*, où se pose le problème de la création poétique. Au début du poème, Merlin l'enchanteur s'interroge sur la nature du monde :

> Merlin guettait la vie et l'éternelle cause
> Qui fait mourir et puis renaître l'univers

et cette quête de la réalité s'accompagne d'un contexte sanglant :

> Le soleil ce jour-là s'étalait comme un ventre
> Maternel qui saignait lentement sur le ciel
> La lumière est ma mère ô lumière sanglante
> Les nuages coulaient comme un flux menstruel

Retenons, au centre de ce premier quatrain du poème, l'image de la lumière rouge, du soleil sanglant. De ce motif à la valeur symbolique, *Alcools* donne quelques exemples, où la relation entre l'idée de la mort et celle de la renaissance se trouve précisée par un élément thématique supplémentaire, celui de la décapitation : le soleil saigne comme une tête tranchée. Ainsi, dans *Le brasier*, le parallélisme entre le saignement des astres et les têtes de mort :

> Les têtes coupées qui m'acclament
> Et les astres qui ont saigné
> Ne sont que des têtes de femmes

et dans *Les fiançailles*, à propos de l'amour viril :

> Il vit décapité sa tête est le soleil
> Et la lune son cou tranché

La dernière variation du thème, dans *Alcools*, est celle de *Zone*, saisissante de concision :

> Soleil cou coupé

En commentant ce vers, Marie-Jeanne Durry a mis l'accent sur le symbolisme religieux de l'image. Elle s'appuie sur le contexte religieux de *Zone* pour voir dans l'image du « cou coupé » deux symboles. D'une part, ce serait le soleil-Christ, le soleil spirituel qui disparaîtrait à l'aube de xxe siècle. D'autre part, le soleil serait aussi humain, et la tête tranchée signifierait l'homme « privé de son dieu[9] ». Le sang de la décapitation serait ainsi le signe de la mort du christianisme dans le monde moderne.

Mais l'ensemble de la thématique du sang peut s'inscrire également dans la grande aventure poétique d'*Alcools*, comme une étape du parcours que suit le poète à la conquête de ses pouvoirs créateurs. Il est frappant de constater que le thème sacrificiel de la décapitation est profondément lié à celui de la destruction du passé du poète, comme dans *Le brasier*, ou dans *L'Émigrant de Landor Road*, qui présente le motif de la décapitation de manière humoristique :

> Le chapeau à la main il entra du pied droit
> Chez un tailleur très chic et fournisseur du roi
> Ce commerçant venait de couper quelques têtes
> De mannequins vêtus comme il faut qu'on se vête

Humour, mais gravité aussi, puisque l'Émigrant se livre à une sorte de cérémonie rituelle, prélude au sacrifice de son passé ; le départ vers une Amérique mythique, vers « les prairies lyriques », s'accompagne de la destruction des souvenirs :

> [...] Les yeux des squales
> Jusqu'à l'aube ont guetté de loin avidement
> Des cadavres de jours rongés par les étoiles
> Parmi le bruit des flots et les derniers serments

---

9. Voir l'ouvrage de Marie-Jeanne Durry, *Guillaume Apollinaire – Alcools*, t. I, p. 299.

Le thème du martyre

Les nombreuses allusions qu'Apollinaire fait aux martyrs ou à la mort du Christ peuvent être, dans une certaine mesure, mises en parallèle avec le sacrifice du passé du poète et sa renaissance à un monde nouveau, pleinement créateur. Le martyre par le froid des « quarante de Sébaste » de *La Chanson du Mal-Aimé*, qui préfèrent mourir sur un étang gelé plutôt que renier leur foi chrétienne, symbolise essentiellement la fidélité du Mal-Aimé à celle qui l'a abandonné ; on peut cependant remarquer la référence au « soleil de Pâques », temps du renouveau et de la Passion du Christ. De même *Zone*, mais surtout la septième partie des *Fiançailles*, contiennent des rappels précis de la mort et de la résurrection de Jésus. Dans *Un Soir*, les allusions au suicide de Judas et aux centurions jouant aux dés les vêtements de Jésus amènent l'image de la résurrection du martyr :

> Des cloches aux sons clairs annonçaient ta naissance
> Vois
> Les chemins sont fleuris et les palmes s'avancent
> Vers toi

Ces rapprochements ne semblent pas être le fruit du hasard. Le sang du soleil décapité, la mort des martyrs, la Passion du Christ, sont autant d'éléments qui se situent dans le mouvement mort-renaissance. Nous avions vu (→ PROBLÉMATIQUE 4, p. 50) le regard d'Orphée posé sur un monde mort : le poète était spectateur de l'universel passage vers la mort et en acceptait l'inéluctable fatalité. C'est maintenant de la mort de cette première personnalité du poète lui-même qu'il s'agit ; en couronnant son propre sacrifice, en détruisant volontairement le souvenir d'un passé appauvrissant, Apollinaire dénoue ses liens et découvre le pouvoir d'une inspiration lyrique nouvelle, ouverte sur le futur. Au destin subi succède la liberté construite, au regard sur le passé l'interrogation de l'avenir.

Le feu et les flammes

Comme l'ombre et l'eau, le feu est d'une nature double, à la fois purificatrice et créatrice, et porte en lui l'alternative créatrice, marque du génie d'Apollinaire : feu du bûcher, il purifie et délivre ; feu solaire, il symbolise la flamme poétique. Dans *La Chanson du Mal-Aimé*, cette double valeur caractérise la fin du poème (strophes 55 et suivantes) :

> Juin ton soleil ardente lyre
> Brûle mes doigts endoloris
> Triste et mélodieux délire

Dans un renversement des valeurs, les éléments thématiques de la fin du poème s'opposent presque point par point à ceux qui précèdent dans le texte (strophes 49-54) : à la déesse lunaire Héra succède l'Apollon solaire, à la froideur de la lumière des astres l'ardeur de juin, à l'inhumaine musique des sphères et aux violons démoniaques les violons érotiques des tziganes et la danse africaine, à l'eau de mort l'ivresse du « gin flambant », de l'eau de feu.

Il est permis de jouer sur les mots et de voir en Apollinaire un fils d'Apollon, maître de la lyre et dieu solaire des poètes. Mais l'ardeur poétique engage la personne du poète et la brûlure douloureuse est pour lui. Nous retrouvons, dans la thématique du feu, le processus connu du sacrifice ; mais ici, il n'est pas la conclusion d'une longue errance, il est au contraire le point de départ pour un envol.

Le feu du sacrifice

Le mouvement d'exaltation par lequel débute *Le brasier* montre bien le climat où se situe le sacrifice par le feu, celui de l'enthousiasme poétique :

> J'ai jeté dans le noble feu
> Que je transporte et que j'adore
> De vives mains et même feu
> Ce Passé ces têtes de morts
> Flamme je fais ce que tu veux

Le poète est ici le lieu de l'holocauste[10] : il transporte lui-même le feu qui brûle son passé ; il devient alors à la fois le lieu et l'aliment du feu :

> Je flambe dans le brasier à l'ardeur adorable
> Et les mains des croyants m'y rejettent multiple innombrablement [...]
> Je suffis pour l'éternité à entretenir le feu de mes délices

10. Pour les anciens Grecs, l'holocauste est un sacrifice où l'on brûle entièrement la victime.

La fonction sacrificielle du feu est évidente : le poète se purifie de son passé, de sa jeunesse, de l'amour « devenu mauvais ». La purification se fait dans la douleur (Apollinaire dit à la fin des *Fiançailles* que le bûcher est « le nid de [s]on courage »). Mais il s'agit d'une douleur enthousiasmante, car elle est volontairement subie, dans un abandon superbe (« Flamme je fais ce que tu veux »). Véritable rite d'adoration magique, le sacrifice par le feu a la vertu d'une initiation à des mystères ; ils vont ouvrir au poète un univers dont la nature a changé, une « vie renouvelée ».

La première transformation qui s'opère dans la renaissance du Phénix est le constat orgueilleux d'une nature différente, le sentiment d'appartenir à la race supérieure des poètes initiés :

> Il n'y a plus rien de commun entre moi
> Et ceux qui craignent les brûlures
> (*Le brasier*)

L'image est riche de sens : les dons poétiques ne tombent pas du ciel, mais ils sont l'apanage de l'audacieux ; la nature exceptionnelle du poète est le fruit de son courage. L'image du bûcher, dans deux strophes de la dernière partie des *Fiançailles*, nous révèle une des composantes de la nouvelle figure du poète ; c'est le don de prophétie, acquis par l'épreuve du feu :

> Templiers flamboyants je brûle parmi vous
> Prophétisons ensemble ô grand maître je suis
> Le désirable feu qui pour vous se dévoue [...]
> Je mire de ma mort la gloire et le malheur
> Comme si je visais l'oiseau de la quintaine

Les Templiers dont il s'agit furent brûlés vifs en 1314, et l'un d'eux, Grand-Maître de l'ordre, annonça par avance, dit-on, la mort de Clément V et de Philippe le Bel. Ainsi fait le poète. Les flammes du bûcher lui donnent la force de prévoir à l'avance, de « mirer », de viser sa propre mort (comme au jeu de la quintaine, ce mannequin sur lequel s'exerçaient à la lance les chevaliers du Moyen âge).

Le dévouement de soi permet au poète-phénix de conquérir le don de prophétie, et une condition surhumaine, supérieure. L'héroïsme flamboyant donne la connaissance de l'avenir, le rite initiatique de la renaissance conduit à la voyance. Le héros prend place, alors, dans la lignée des poètes prophètes, des mages, des phares éclairant le futur chantés par Hugo et Baudelaire, en particulier dans le domaine de l'art, où Apollinaire fait figure de précurseur éclairé.

Le feu comme symbole de la flamme poétique

On rejoint ainsi l'aspect solaire du feu. Libéré par le brasier, le poète conserve ses attributs de feu, mais parce qu'il a pris son vol vers les hauteurs sidérales, et est lui-même de même nature que le soleil :

> [...] ma sagesse égale
> Celle des constellations
> Car c'est moi seul nuit qui t'étoile
>
> (*Lul de Faltenin*)

Les images qui assimilent le poète à un astre flamboyant, comète, étoile, soleil, se multiplient dans les poèmes du feu, *Le brasier*, *Les fiançailles, Cortège*. Une des plus intéressantes, dans *Le brasier*, est celle qui concerne la situation du poète à une altitude intersidérale :

> Au-delà de notre atmosphère s'élève un théâtre
> Que construisit le ver Zamir sans instrument [...]
> Là-haut le théâtre est bâti avec le feu solide
> Comme les astres dont se nourrit le vide

Le ver Zamir, raconte la Bible, avait le pouvoir de fendre les roches, et Salomon s'en servit pour construire le temple de Jérusalem sans utiliser le fer profanateur ; il est pour Apollinaire le symbole de l'architecte-créateur. Le poète bâtit de même son œuvre « sans instrument », avec le seul pouvoir magique des mots « changées en étoiles » (*Les fiançailles*), dont ces textes donnent eux-mêmes un bel exemple. Dominant le monde de ces hauteurs célestes, le poète est, dans ce théâtre, auteur, metteur en scène et spectateur :

> Et voici le spectacle
> Et pour toujours je suis assis dans un fauteuil
> Ma tête mes genoux mes coudes vain pentacle[11]
> Les flammes ont poussé sur moi comme des feuilles
>
> (*Le brasier*)

11. Pentacle : étoile magique à cinq branches, appelée aussi « signe de Salomon ».

L'alcool, eau de vie

Une dernière fois, nous retrouvons le mouvement d'alternance entre les deux éléments d'un couple thématique. Plutôt que de mouvement, il serait plus juste de parler ici de transmutation alchimique (le changement d'une substance en une autre), puisqu'il s'agit de fusion d'éléments complémentaires, l'eau et le feu, dont le produit est l'alcool. Le thème n'est pas sans importance, car il a donné au recueil son titre (→ PROBLÉMATIQUE 1, p. 9).

L'union de l'eau et du feu est une des versions du thème général mort-renaissance, comme on le voit par exemple dans *Le brasier* :

> Je trempe une fois encore mes mains dans l'Océan
> Voici le paquebot et ma vie renouvelée
> Ses flammes sont immenses

La magie de l'alcool se caractérise par le tremblement, produit de l'union du liquide et de la flamme, dans *Nuit rhénane* par exemple :

> Mon verre est plein d'un vin trembleur comme une flamme [...]
> Le Rhin le Rhin est ivre où les vignes se mirent
> Tout l'or des nuits tombe en tremblant s'y refléter

Dans ce poème, le vin s'oppose à l'eau qui passe, à la fatalité automnale, symbolisée par le batelier et les sept filles des eaux. Le poème s'achève par la victoire de l'ivresse sur les voix de mort, et par un geste du narrateur où l'on peut voir un signe de joie :

> Mon verre s'est brisé comme un éclat de rire

C'est dans *Vendémiaire*, poème bachique (Dionysos-Bacchus est le dieu du vin et du délire poétique), que se développe avec toutes ses valeurs le thème de l'alcool. Le poème a pour sujet une immense vendange miraculeuse : toutes les villes de France et d'Europe recueillent le sang des grappes de leurs vignes, se sacrifient en se transformant en vin pur, et viennent s'offrir à Paris, capitale de la poésie, et au poète, « gosier de Paris », prophète de Dionysos. Le texte entier baigne dans une atmosphère de miracle : les rivières remontent leur cours pour converger vers la « gorge profonde » du poète, l'automne change de signe pour devenir la saison de la vendange poétique.

Le monde, métamorphosé en alcool, est absorbé par le poète :

Mais je connus dès lors quelle saveur a l'univers

Je suis ivre d'avoir bu tout l'univers [...]
Écoutez mes chants d'universelle ivrognerie

Zone ouvrait le recueil de poèmes par l'image d'absorption d'alcool :

Et tu bois cet alcool brûlant comme ta vie
Ta vie que tu bois comme une eau-de-vie

Vendémiaire le termine de même, donnant ainsi son unité au livre, et expliquant son titre.

Cette thématique d'*Alcools*, qui n'a évidemment rien d'exhaustif, nous montre donc un des principaux intérêts de l'œuvre ; chacun des thèmes dont nous avons esquissé l'analyse nous ramène à l'aventure poétique, à la nature de la poésie, ce qui semble être le motif principal de l'ensemble : comme le Phénix, la poésie tire sa force d'elle-même. Mais *Alcools* donne aussi du poète une image singulièrement haute. Au terme du voyage magique, Apollinaire voit son ombre devenue « enfin solide » ; il trouve le secret de l'ubiquité : maître de son passé « luisant », il peut s'interroger sur l'avenir ; sa connaissance « des autres » égale son pouvoir sur le monde. Celui qui se disait, dans *Cortège* :

[...] Guillaume il est temps que tu viennes
Pour que je sache enfin celui-là que je suis

se révèle appartenir par son lyrisme à une race de poètes hors du commun, comme en témoigne le ton du *Poème lu au mariage d'André Salmon*, où le « nous » représente Apollinaire et son ami Salmon, poète comme lui :

[...] nous avons tant grandi que beaucoup pourraient confondre
[nos yeux et les étoiles
[...] fondés en poésie nous avons des droits sur les paroles qui
[forment et défont l'Univers

5 L'univers d'*Alcools*

Que peut-on entendre par le terme « univers » d'un recueil de poèmes ? À la différence de la thématique du livre, où interviennent les sentiments, les idées du poète, sa conception du monde, ses prises de position par rapport à son art, que représente l'univers d'*Alcools* ? Il s'agit de l'ensemble des lieux où se situe la poésie, de ce que l'on sent, ce que l'on entend en lisant les poèmes, ce que l'on voit concrètement et aussi avec les yeux de l'imagination. Le tempérament d'Apollinaire, mais également son appartenance à la lignée de Baudelaire, font du poète un homme largement ouvert à toutes les sensations de la vie, autant qu'un cérébral. L'univers d'*Alcools*, c'est aussi l'univers plastique d'un critique d'art qui a connu beaucoup de grands peintres. C'est également l'univers culturel et les formes de l'érudition particulière d'Apollinaire.

LA VILLE

Apollinaire est un citadin, un Parisien. Il aime Paris, ses grands ensembles architecturaux, et sa belle artère fluviale, la Seine des bouquinistes dont il arpente les rives « un livre ancien sous le bras » ; il aime aussi les ponts, dont les formes sont le plus souvent animalisées dans *Alcools* (« le troupeau des ponts bêle ce matin », « cavalerie des ponts »), notamment le pont Mirabeau, à l'ouest de Paris : il l'emprunte pour aller chez Marie Laurencin, et ses arches de métal sont pour toujours associées aux amours du poète. Apollinaire est un marcheur, un flâneur ; son goût pour la promenade curieuse se voit bien par la connaissance de quartiers situés hors des circuits touristiques, à la découverte d'une rue « dont j'ai oublié le nom », « rue industrielle » dont il chante, dans *Zone*, la « grâce ».

Il manifeste délibérément un goût moderniste pour les formes neuves (la simplicité des « hangars de Port-Aviation »), pour l'esthétique de la ferraille chère à Robert et Sonia Delaunay et à Fernand Léger, il chante la tour Eiffel, le « long orphelinat des gares » (la gare Saint-Lazare peinte par Monet). En fond sonore de la ville moderne, voici les sirènes d'usines (« le matin par trois fois la sirène y gémit »), les « sonneries électriques » des gares, les tramways qui « musiquent », les « troupeaux d'autobus mugissants ». Les lumières des soirs de Paris sont celles du « gin flambant de l'électricité ». La nuit,

> Les becs de gaz pissaient leur flamme au clair de lune
> (*Les fiançailles*)

Dans *Zone*, les couleurs sont celles des publicités tapageuses :

> Les inscriptions des enseignes et des murailles
> Les plaques les avis à la façon des perroquets criaillent

Apollinaire est sensible à la « poésie » des affiches « qui chantent tout haut », à la « prose » des journaux « à 25 centimes ». Cet aspect moderniste de la représentation de la ville est assurément le plus caractéristique d'*Alcools*.

D'autres éléments sont plus traditionnels : le Paris pavoisé du 14 juillet, le pittoresque des boutiques juives du Marais, le sanglot des orgues de Barbarie dans les « cours grises », le Paris des buveurs avec ses cafés « gonflés de fumée » ou le zinc « d'un bar crapuleux », ou cette fraîche notation sonore du matin (*Zone*) :

> Les laitiers font tinter leurs bidons dans les rues

Ainsi se complètent, chez un des grands poètes de Paris, la ville diurne, celle des travailleurs, et la ville des « nuits livides de l'alcool », celle des noctambules en mal de rencontres.

De nombreuses villes d'Europe sont également évoquées dans *Alcools*. Londres d'abord, où Annie Playden se réfugia à Landor Road, Londres dont Apollinaire relève deux traits traditionnels, la « demi-brume » et les façades rouges des maisons (« vagues de briques »), ainsi qu'une atmosphère louche qui caractérise le début de *La Chanson du Mal-aimé*. De la ronde des villes européennes qui anime *Vendémiaire*, nous retiendrons seulement le pittoresque de Prague.

Je connais gens de toutes sortes

déclare Apollinaire dans *Marizibill*. Cette connaissance des « autres » est orgueilleusement affirmée dans *Cortège* :

Je les connais par les cinq sens et quelques autres

Le poète, à la recherche de son être, y compose une immense parade de « mille peuplades » où

Tous ceux qui survenaient et n'étaient pas moi-même
Amenaient un à un les morceaux de moi-même

Apollinaire aime ses semblables et, parfois d'une façon un peu abstraite, fait de l'humanité une composante importante de son univers poétique. Mais plus caractéristique semble être la manière concrète, précise, curieuse de l'humain, avec laquelle il note, comme on fait des croquis sur une nappe en papier, les traits des individus multiples qu'il a croisés au cours de ses voyages. C'est « une pauvre fille au rire horrible » ; c'est, dans *Hôtels* :

Mon voisin laid
Qui fume un âcre
Tabac anglais

C'est « la bouche fleurie » de Rosemonde d'Amsterdam, ou bien, « dans la Haute-Rue à Cologne », la femme « offerte à tous » *(Marizibill)* :

Elle se mettait sur la paille
Pour un maquereau roux et rose
C'était un juif il sentait l'ail

Une humanité cosmopolite, un kaléidoscope de visages et d'attitudes traverse ainsi, d'une manière très originale, les poèmes d'*Alcools* : fruit de l'observation attentive, amusée, pleine de sympathie d'un homme au caractère extraverti ; et c'est peut-être en cela aussi qu'Apollinaire est moderne, contemporain ou annonciateur de la poésie de Blaise Cendrars, de Francis Carco, ou de Valery Larbaud[1].

1. Poètes français de la première moitié du XXe siècle.

Bien d'autres poèmes viennent s'inscrire dans cette optique cosmopolite, témoignant un aspect complémentaire de l'humanité dans *Alcools* : peut-être parce qu'il est lui-même voyageur, Apollinaire s'intéresse aux gens de voyage, aux instables, aux déracinés ; en ce sens, l'univers d'*Alcools* est aussi celui de l'errance. Certes, on y voit des villageois repliés sur eux-mêmes, et des paysans. Mais combien de saltimbanques, de tziganes, d'émigrants et de voyageurs passent dans le recueil ! Tels les baladins qui « s'éloignent au long des jardins » dans *Saltimbanques* ou *Mai*, le tzigane fugitif des *Cloches*, les émigrants de *Zone* qui « espèrent revenir dans leur pays après avoir fait fortune », les matelots du *Voyageur* ou ceux des *Fiançailles*

Qui dansaient le cou nu au son d'un accordéon

tandis que

À l'horizon brumeux s'enfonçaient les trois-mâts

Ce monde de l'errance procède de l'exotisme romantique, mais témoigne aussi, chez le poète, d'une vision planétaire de l'humanité, d'une fraternité aux dimensions du monde entier.

LES PAYS

On trouve dans *Alcools* des références à des pays ignorés du voyageur Apollinaire, comme l'Argentine de *Zone* qui n'est là que pour faire calembour avec « argent » ; ainsi encore l'Amérique mythique où s'est finalement réfugiée Annie Playden, évoquée dans *Annie* ; on y voit « un grand jardin tout plein de roses » fréquenté par une femme « mennonite » : évocation humoristique et nostalgique, mais de pure fantaisie.

Des pays que connaît Apollinaire, on peut noter une référence à la Belgique dans *Marie*, avec une musique « si lointaine / Qu'elle semble venir des cieux », souvenir du pays où l'on danse « la maclotte qui sautille » et de ses amours d'adolescent avec la première Marie. En fait, c'est surtout l'Allemagne, qu'il a parcourue en 1901 et 1902, qui a inspiré Apollinaire, sans doute parce que ce fut pour lui une période riche sur le plan sentimental. Beaucoup de sites allemands sont évoqués dans *Alcools* ; retenons celui de Munich, dans *La maison des morts* (dont nous reparlerons plus loin, dans ce même chapitre). Indépendamment du caractère fantastique du poème, il s'y développe une atmosphère de fête, de pique-nique à l'allemande assez typique : tout le pittoresque bavarois se retrouve dans cette description d'atmosphère, pittoresque traditionnel, mais agrémenté de l'humour et de la fantaisie qui caractérisent le poète.

Avec l'Allemagne, une mention spéciale doit être faite, dans *Rhénanes*, au pays du Rhin, cadre des amours d'Apollinaire et d'Annie (→ PROBLÉMATIQUE **1, p. 7**). Le grand fleuve y déploie sa majesté romantique. On le voit souvent personnifié, comme dans *La synagogue* où, écoutant les plaisantes insultes qu'échangent deux Juifs croyants :

> Le vieux Rhin soulève sa face ruisselante et se détourne pour sourire

de même dans *Nuit rhénane* :

> Le Rhin le Rhin est ivre où les vignes se mirent

Fleuve de légende, le Rhin est le fleuve des « fées aux cheveux verts qui incantent l'été », dans ses flots se noie la Loreley (→ PROBLÉMATIQUE **2, p. 22**), chère aux romantiques allemands :

> Pour avoir vu dans l'eau la belle Loreley
> Ses yeux couleur du Rhin ses cheveux de soleil

On entend la voix du fleuve, tantôt mélancolique, accompagnant « la chanson triste d'un batelier », tantôt sinistre :

> Le vent du Rhin ulule avec tous les hiboux

Apollinaire a également noté en Rhénanie la beauté plastique des châteaux en ruine, les « burgs » romantiques :

> Le mai le joli mai a paré les ruines
> De lierre de vigne vierge et de rosiers
> (*Mai*)

Romantiques également sont la forêt rhénane et ses sapins magiques, tour à tour « astrologues », « grands poètes » ou « beaux musiciens ».

La Rhénanie, c'est enfin le pittoresque de ses habitants : les deux juifs « coiffés de feutres verts » de *La synagogue*, en colère « parce que pendant le sabbat on ne doit pas fumer », les enfants qui vont jouer dans le cimetière où les ânes « se mettent à brouter les fleurs / Des couronnes mortuaires », et où enfants et femmes « allument des bougies et des cierges / Sur chaque tombe catholique » (*Rhénane d'automne*) ; les commères malicieuses des *Cloches*, et celles, plus mélancoliques, qui égrènent dans *Les femmes* la chronique de la vie quotidienne du village en hiver, dans un dialogue très évocateur, coupé par le fond sonore des cris d'oiseaux de nuit, du glas, des aboiements des chiens, et de la « voix grave de grand orgue » du vent. Dans un autre registre plein de drôlerie, voici enfin les figures hautes en couleur du brigand Schinderhannes, et de sa bande qui

> Pète et rit pendant le dîner
> Puis s'attendrit à l'allemande
> Avant d'aller assassiner
>
> (*Schinderhannes*)

LA NATURE

Nous avons déjà parlé de la nature à propos de la thématique du recueil (→ PROBLÉMATIQUE 4, pp. 42-43). Qu'il suffise ici de regrouper quelques éléments caractéristiques de la nature dans *Alcools*.

On peut noter d'abord qu'à la différence des romantiques et de Baudelaire, Apollinaire ne parle jamais de la Nature comme d'une entité abstraite, amie ou ennemie de l'homme, alliée ou rivale que l'on invoque ou maudit. Il y a bien dans *Alcools* une relation entre la nature et les sentiments humains, comme dans la rhétorique romantique, mais c'est plutôt parce que la plupart des composantes de la nature, saisons, fruits et fleurs, éléments, paysages, ont le plus souvent une valeur symbolique anthropocentrique, tournée vers l'homme, ou plus exactement parallèle à l'expression des sentiments particuliers du poète.

On a vu ainsi la saison de l'automne associée à la douleur du Mal-Aimé et à la mort. Des images plus précises confirment cette symbolique ; ainsi, les feuilles mortes sont souvent représentées comme des « mains coupées » dans *Marie, L'Émigrant de Landor Road, Le brasier, Rhénane d'automne* :

L'automne est plein de mains coupées
Non non ce sont des feuilles mortes
ce sont les mains des chères mortes
Ce sont tes mains coupées
(*Rhénane d'automne*)

L'image de mutilation suscitée par la mort de l'amour se retrouve dans d'autres éléments descriptifs de l'automne, comme l'enveloppe piquante des châtaignes, « cœur blessé de la madone ». Les couleurs de la saison ont le caractère « vénéneux » de la passion malheureuse :

La colchique couleur de cerne et de lilas
Y fleurit tes yeux sont comme cette fleur-là
Violâtres comme leur cerne et comme cet automne
Et ma vie pour tes yeux lentement s'empoisonne
(*Les colchiques*)

Une symbolique identique entoure l'évocation du printemps dans *Mai* :

Les pétales tombés des cerisiers de mai
Sont les ongles de celle que j'ai tant aimée
Les pétales flétris sont comme ses paupières

Pour prendre un autre exemple, la mer, dans *Alcools*, n'a pas la valeur symbolique générale (l'aventure ou la liberté) que l'on trouve dans cet élément chez tant de poètes, mais elle est étroitement associée, dans *Le voyageur, Le brasier* et *L'Émigrant de Landor Road*, à l'expression de la souffrance de l'homme abandonné, de l'Émigrant qui laisse derrière lui l'amour mort dont il est « orphelin » :

Les vents de l'Océan en soufflant leurs menaces
Laissaient dans ses cheveux de longs baisers mouillés

Le caractère symbolique de la nature se retrouve dans de rapides croquis de paysages, où la musique des sonorités peut tenir lieu de dessein, comme dans le premier quatrain de *Clotilde* :

L'anémone et l'ancolie
Ont poussé dans le jardin
Où dort la mélancolie
Entre l'amour et le dédain

Le symbolisme apparaît aussi, avec un trait plus vigoureux, dans le paysage funèbre des *Femmes* :

> La nuit tombait Les vignobles aux ceps tordus
> Devenaient dans l'obscurité des ossuaires
> En neige [...]

LA CULTURE

Apollinaire montre dans *Alcools* une culture personnelle qui, à défaut d'être très profonde, est remarquable par sa diversité. De très bonnes études secondaires (latin, grec, allemand) lui ont permis d'acquérir un fonds culturel classique ; il est par ailleurs grand lecteur, et fréquente assidûment les bibliothèques parisiennes. Des antiquités gréco-latines, Apollinaire retient essentiellement l'habitude, propre aux lecteurs des textes d'une civilisation polythéiste, de mettre au pluriel le mot dieu ; il reste attaché à un certain nombre de légendes dont il utilise le symbolisme, celle d'Orphée, celle des Danaïdes par exemple, les voyages d'Ulysse et l'épisode des Sirènes, la fidélité de Pénélope et sa « tapisserie sans fin », le tombeau de Mausole, la légende égyptienne du Phénix. Il n'y a rien là que de très traditionnel.

La formation catholique de l'enfant « très pieux » au collège Saint-Charles de Monaco (évoquée dans une longue strophe de *Zone*) lui donne une bonne connaissance de la Bible, à laquelle il fait d'abondantes références ; nous n'en rappellerons que celles de *La Chanson du Mal-aimé* : l'épisode du passage de la Mer Rouge par les Hébreux en marche vers la Terre Promise, Chanaan (→ PROBLÉMATIQUE 4, p. 46). *Alcools* montre surtout une absolue maîtrise des dogmes chrétiens (la Sainte-Eucharistie, le Sacré-Cœur, le culte de Marie) et du rituel catholique (dans *Zone* notamment) ; on y trouve aussi des connaissances qui proviennent sans doute d'une lecture attentive et curieuse de la vie des Saints, comme en témoigne l'évocation du martyre des « quarante de Sébaste »(→ PROBLÉMATIQUE 4, p. 58) dans *La Chanson du Mal-Aimé*. La figure de Jésus revient souvent dans *Alcools*, avec une double valeur : celle du martyr de Pâques et du Christ en gloire ; Apollinaire en parle avec le ton lyrique de l'ancien pratiquant qui connaît les litanies, et avec un vocabulaire très proche du poète catholique Charles Péguy (« C'est la double potence de l'honneur et de l'éternité »). Mais en même temps, devenu libre penseur à l'époque d'*Alcools*, Apollinaire évoque Jésus, figure moderne (« L'Européen le plus moderne c'est vous Pape Pie X »), avec une liberté de ton et une drôlerie inventive digne des peintures de Salvator Dali :

> C'est le Christ qui monte au ciel mieux que les aviateurs
> Il détient le record du monde pour la hauteur
> (*Zone*)

Apollinaire s'est également intéressé au judaïsme. Quelques personnages juifs prennent place parmi les croquis du poète, avec le pittoresque de leurs coutumes (« leurs femmes portent perruque », « les aiguilles de l'horloge du quartier juif vont à rebours », *Zone*) ; c'est surtout le poème *La synagogue* qui témoigne d'une curiosité amusée et sympathique à l'égard de la communauté juive de Rhénanie (le poème se termine par une citation en hébreu approximatif).

Il est vrai qu'Apollinaire s'intéresse à tout, et l'on peut parler, à propos d'*Alcools*, d'une culture hétéroclite (Georges Duhamel, à la sortie du livre, l'a qualifié de « boutique de brocanteur »). Un inventaire des témoignages de cette diversité serait vite fastidieux. Reportons-nous seulement aux Cosaques Zaporogues de *La Chanson du Mal-Aimé*, « ivrognes pieux et larrons », remarquables par la verdeur de leur langage et, dans *Zone*, à ces étonnants oiseaux chinois,

> [...] les pihis longs et souples
> Qui n'ont qu'une seule aile et qui volent par couples

L'UNIVERS PLASTIQUE ET LE FANTASTIQUE

On entendra par univers plastique certaines formes de représentation du monde qui, dans *Alcools*, par le jeu des lignes, des volumes, des couleurs, témoignent d'une qualité de la vision chez un poète qui aime la peinture et possède un goût sûr en matière d'esthétique ; il compose plusieurs de ses textes en valorisant le sens de la vue, en créant une image qui présente toutes les caractéristiques d'un tableau. Cet aspect pictural de la poésie d'Apollinaire se retrouve au hasard de bien des strophes, et parfois fait à lui seul l'objet d'un court poème. Voici, par exemple, une strophe de *La maison des morts* caractéristique de l'art du portrait :

> À l'avant du bateau que je gouvernais
> Un mort parlait avec une jeune femme
> Vêtue d'une robe jaune
> D'un corsage noir
> Avec des rubans bleus et d'un chapeau gris
> Orné d'une seule petite plume défrisée

Pensons également au portrait de la dame de 1909, très étudié dans l'harmonie des couleurs et dans le détail du costume.

Les paysages d'*Alcools* sont souvent agrémentés de personnages, à la manière des Impressionnistes, comme les baigneuses entrevues dans « Les Sept Épées » :

> La quatrième Malourène
> Est un fleuve vert et doré
> C'est le soir quand les riveraines
> Y baignent leurs corps adorés
> Et des chants de rameurs s'y traînent

Un dernier exemple : dans *Crépuscule* (dédié au peintre Marie Laurencin), la composition plastique, la valeur symbolique des gestes et des positions des personnages, la pâleur des couleurs, font penser au Picasso de la période rose, celle des arlequins et jongleurs.

Le fantastique est également une des composantes majeures de l'univers d'*Alcools* ; sur ce point, le recueil se situe dans la lignée de Rimbaud le Voyant, et participe du grand mouvement de dérationalisation qui caractérise la production littéraire et artistique du début du XXe siècle, pour aboutir aux mouvements de Dada et du surréalisme des années vingt, avec l'irruption de l'inconscient dans l'art. L'imagination fantastique d'Apollinaire crée ainsi des paysages de rêve, comme dans les premières strophes de *Palais* (dédié au poète Max Jacob), qui se terminent sur une image surréaliste :

> Et le soleil miroir des roses s'est brisé

La même image de verre éclaté ouvre la séquence fantastique du début de *La maison des morts* ; la logique du discours narratif se décale dans une dimension féerique extraordinaire, qui rend la vie aux morts exposés dans les vitrines du cimetière de Munich :

> Soudain
> Rapide comme ma mémoire
> Les yeux se rallumèrent
> De cellule vitrée en cellule vitrée
> Le ciel se peupla d'une apocalypse
> Vivace

Le fantastique devient humoristique dans le banquet de *Palais*, qui débute par cette invitation :

> Pendez vos têtes aux patères par les tresses

et où les convives dégustent

> Des rôtis de pensées mortes dans mon cerveau
> Mes beaux rêves mort-nés en tranches bien saignantes

Souvent dans le registre du fantastique, l'imagination d'Apollinaire voit grand : les images se déploient dans un espace immense, comme celles du cortège de *Zone* où tous les oiseaux du monde aux noms sonores accompagnent dans le ciel le « premier aéroplane », le Christ aviateur :

> Et tous aigle phénix et pihis de la Chine
> Fraternisent avec la volante machine

L'agrandissement de la vision s'amplifie enfin dans le fantastique que l'on pourrait appeler « cosmique », celui qui caractérise les poèmes « solaires » (→ PROBLÉMATIQUES 2, p. 29 et 4, p. 61), *Cortège, Les fiançailles, Le brasier*, qui définissent la perspective de la poésie du futur :

> Descendant des hauteurs où pense la lumière
> Jardins rouant[2] plus haut que tous les ciels mobiles
> L'avenir masqué flambe en traversant les cieux
>
> (*Le brasier*)

---

2. Le verbe « rouer » signifie « faire la roue », « tourner ».

6 L'écriture d'*Alcools*

IMAGES

Les images (comparaisons, métaphores, métonymies[1]), aliments essentiels de la création poétique, fonctionnent dans *Alcools* d'une manière parfois traditionnelle, parfois plus particulière au génie poétique propre à Apollinaire. Nous en analyserons quelques exemples tirés essentiellement de *La Chanson du Mal-Aimé.*

Au système de comparaison le plus simple (« Je suis fidèle comme un dogue / Au maître »), très fréquent dans le recueil, Apollinaire préfère souvent le raccourci ; il supprime l'outil de comparaison, aboutissant à des formulations du type : « le lierre au tronc / Et les cosaques [...] aux steppes ». Ce procédé, qui relève de la juxtaposition, est mis en valeur par l'absence de ponctuation. Il utilise également divers liens syntaxiques, comme la simple apposition (« Juin ton soleil ardente lyre »), ou l'apostrophe (« Voie lactée ô sœur lumineuse »). Le fonctionnement de la métaphore est parfois d'une extrême simplicité, comme dans la strophe 11 :

> Mon beau navire ô ma mémoire
> Avons-nous assez navigué
> Dans une onde mauvaise à boire
> Avons-nous assez divagué
> De la belle aube au triste soir

Dans cette strophe, pour exprimer l'idée prosaïque « je pense à toi du matin au soir », Apollinaire « file» les métaphores en partant de la

1. Pour mémoire, la métaphore est une comparaison implicite, où l'outil de comparaison n'est pas exprimé (« c'est un renard», pour « c'est un homme rusé»). La métonymie désigne un objet par un autre qui lui est uni par une relation nécessaire : la partie pour le tout (« des voiles» pour « des bateaux à voiles»), le contenant pour le contenu (« boire un verre»), etc.

comparaison initiale : mémoire = navire, et en développant le champ lexical : navire → navigué → onde → divagué. L'autre métaphore, navire = errance folle, s'appuie sur un autre champ lexical : divagué → mauvaise à boire → triste.

Plus complexes sont les métaphores des strophes 2 et 3. Elles démarrent sur une comparaison, dont l'outil est le verbe d'état « sembler » :

> Je suivis ce mauvais garçon [...]
> Nous semblions entre les maisons [...]
> Lui les Hébreux moi Pharaon

comparaison qui installe l'image de la poursuite. Mais à la seule lecture de la strophe 2, la métaphore : maisons = Mer Rouge, qui se comprend par la référence à l'épisode biblique, paraît totalement gratuite. Elle n'est justifiée qu'à la strophe suivante, avec la métaphore « Que tombent ces vagues de briques », par la couleur rouge (les maisons de Londres sont souvent construites en briques), et par la forme des vagues qui justifie « Onde ouverte » (les façades des maisons d'une rue rappelant cette sorte de canyon liquide que traversent les Hébreux). Le subjonctif « Que tombent » a la valeur d'un serment imprécatoire amoureux (= que je meure si tu n'es pas celle que j'aime) ; il justifie, lui, l'ensemble des métaphores de ces deux strophes.

Les métaphores sont aussi parfois beaucoup plus concises, comme à la strophe 29 :

> Ses regards laissaient une traîne
> D'étoiles dans les soirs tremblants
> Dans ses yeux nageaient les sirènes

Ici la métaphore de la robe de nuit exprime la luminosité du regard de la femme aimée, et celle de la mer le caractère dangereux de ce regard.

La concision de la métaphore peut procéder de la simple utilisation d'un verbe et d'un complément (« J'ai hiverné dans mon passé »), ou d'un nom suivi d'un déterminant (« La neige aux boucliers d'argent »), le déterminant traduisant le mot grec du vers précédent « argyraspides ».

Parfois, la métaphore provient du simple choc des mots en accumulation :

> Ma colombe ma blanche rade [...]
> Mon île au loin ma Désirade

Ici, le voyage amoureux est appelé par l'apostrophe amoureuse banale (« Ma colombe »), qui suscite l'image du périple de Christophe Colomb à la recherche d'une terre (« rade ») et tombant sur l'île qu'il appellera « Désirade». Comme point extrême de la concision dans le procédé de la juxtaposition, nous citerons le vers fameux qui termine *Zone* : « Soleil cou coupé», métaphore dont la sobriété tranchante résume à elle seule l'ensemble de la situation (la naissance du soleil de la poésie) et des thèmes du poème (→ PROBLÉMATIQUE 4, p. 55).

Ainsi les images renforcent-elles le discours poétique d'*Alcools*. Elles l'amplifient par la force des développements métaphoriques et par leur puissance suggestive ; mais aussi, et c'est là peut-être leur caractère le plus moderne (annonciateur de la poésie de Prévert ou de Boris Vian), elles enrichissent le langage, elles renouvellent la métaphore usée, le cliché. Les exemples en sont multiples ; nous n'en prendrons qu'un, celui de la strophe 40 de *La Chanson du Mal-Aimé* :

> Et moi j'ai le cœur aussi gros
> Qu'un cul de dame damascène

Le cliché « j'ai le cœur gros» appelle l'image d'une grosse dame (une Damascène est une habitante de Damas et, dans les pays arabes, la grosseur des femmes est un élément esthétique très prisé) ; on entend également le jeu sonore : dame damascène, tant il est vrai qu'images et sonorités sont souvent indissociables. Le cliché se renouvelle enfin par la surprise humoristique provoquée par le second élément comparatif, avec un ton qu'on qualifierait volontiers d'obscène (pour rimer avec « damascène »). Toute la force inventive de la poésie moderne semble résumée ici.

SONORITÉS

La poésie lyrique est par définition musicale. Apollinaire est un maître dans l'harmonie sonore de la strophe, dans la ligne mélodique du vers. Les qualités auditives du poète se manifestent de manières très diverses, fondées toutefois sur un principe unique, celui de la répétition des sons. Nous analyserons cette constante selon quatre systèmes différents.

La répétition des sons

À un premier niveau, on peut observer la répétition des simples sons, consonnes, voyelles ou syllabes, comme dans le procédé classique de l'allitération (dont Apollinaire ne fait pas grand usage). Ainsi, le premier vers du *Larron* :

> *Ma*raudeur étranger *ma*lheureux *ma*lhabile

qui se répète plus loin avec une variante :

> *Ma*raudeur étranger *ma*lhabile et *ma*lade

Ici les répétitions traduisent une impression de malaise.

Un procédé parallèle apparaît dans le second vers de Zone, et appuie le sens de l'image :

> *Ber*gère ô ***tour*** Eiffel le ***trou***peau des ponts *bêle* ce matin

Le procédé de répétition sonore sur deux niveaux (ici Ber-bêle et tour-trou) est assez fréquent dans *Alcools*. En voici deux autres exemples :

> Près d'un *château* sans *châtelaine*
> La *barque* aux *barcarols* chantants
> (*La Chanson du Mal-Aimé*)

> *Temps passé Trépassés* Les dieux qui me formâtes
> Je ne vis que *passant* ainsi que vous *passâtes*
> (*Cortège*)

Ces jeux sonores peuvent paraître gratuits : ils contribuent pourtant à la musicalité du poème et au renforcement du sens des vers

L'harmonie imitative

À un second niveau, nous trouvons le procédé de l'harmonie imitative, par lequel les répétitions sonores suggèrent l'image exprimée. Ainsi, le caquet des poules dans *Aubade* :

> Les *pou*les dans la *cour caquè*tent

ou la danse de l'ours dans *La tzigane* :

> L'am*our lourd* comme un *ours* privé
> Dansa de*bout* quand *nous vou*lûmes

La reprise des consonnes liquides (*l* et *r*) traduit classiquement le mouvement de l'eau. Ainsi dans *La Loreley* :

> Pou*r* avoi*r* vu dans *l'eau la* b*elle Loreley*

Plus subtil est le jeu sonore des trois derniers vers de *Mai* : les bruits mêlés du vent et de l'eau y sont transcrits par la répétition des consonnes *s, v, f* et *j*, ainsi que par le son « yé», dans une harmonie très travaillée, et très réussie :

> De *li*erre de *v*igne *vi*erge et de ro*siers*
> Le *v*ent du Rhin *s*ecoue *s*ur le bord les o*siers*
> Et les ro*s*eaux *jas*eurs et les *f*leurs nues des *v*ignes

Notons enfin, au début de *Palais*, l'image du tissu d'une robe de soirée bruissante, finement suggérée par le mélange des consonnes *v* et *s* :

> *V*ers le palais de Ro*s*emonde au fond du Rê*v*e
> Mes rê*v*eu*s*es pen*s*ées pieds nus *v*ont en *s*oirée

La répétition de mots et de vers

Un troisième système d'harmonie sonore résulte de la répétition d'un ou plusieurs mots, ou d'un ou plusieurs vers. C'est le principe du refrain de la chanson, utilisé par bien des poètes. Apollinaire ne manque pas de mettre en pratique ce procédé très musical. On songe évidemment d'abord au refrain du *Pont Mirabeau* (« Vienne la nuit sonne l'heure / Les jours s'en vont je demeure ») dont la suavité contribue largement au lyrisme élégiaque du poème. Pensons également aux deux refrains de *La Chanson du Mal-Aimé* : non seulement ils sont beaux d'un point de vue musical, mais ils portent l'essentiel du sens de l'ensemble du poème et permettent d'en articuler la construction (→ PROBLÉMATIQUE 2, p. 13).

Les répétitions de vers sont très nombreuses dans *Alcools*. Nous n'en prendrons que deux exemples particulièrement harmonieux. Celui de *Marie* :

Sais-je où s'en iront tes cheveux
Crépus comme mer qui moutonne
Sais-je où s'en iront tes cheveux
Et tes mains feuilles de l'automne
Que jonchent aussi nos aveux

et celui de *La maison des morts*, où le vers

Hélas ! la bague était brisée

est répété deux fois dans une strophe ; il forme une remarque en incise dans le discours de la fiancée, et interrompt mélancoliquement, pour les contredire, les comparaisons heureuses qui sont développées.

Notons enfin la valeur particulière de la répétition de « c'est » au début des vers de la strophe consacrée au Christ dans *Zone* ; repris huit fois, le présentatif « c'est » a un aspect incantatoire ; il donne à la religiosité de la strophe la forme d'une litanie, d'une longue prière aux formules répétitives (voir *Les Litanies de Satan* dans *Les Fleurs du mal* de Baudelaire).

Les jeux sonores répétitifs

À un quatrième niveau d'analyse se situent les jeux sonores répétitifs qui relèvent de l'homophonie ou de l'homonymie (deux mots différents se prononcent de la même façon), et du calembour. Ces jeux, dans *Alcools*, sont de grands stimulants de l'imagination poétique. Témoin la délicieuse équivoque sonore qui termine *La blanche neige* :

Le cuisinier plume les oies
Ah ! *tombe neige*
Tombe et que *n'ai-je*
Ma bien aimée entre mes bras

Dans *La tzigane*, c'est l'équivoque qui fait naître l'image de l'arrivée de l'Espérance ; le calembour est alors porteur du sens de la strophe :

La tzigane savait d'avance
Nos deux vies barrées par les nuits
Nous lui dîmes adieu et *puis*
De ce *puits* sortit l'Espérance

De façon plus subtile, les couples homophoniques se contredisent, pour le sens, dans le début de *Mai* ; la valeur restrictive de la conjonction « mais » s'oppose à l'atmosphère heureuse créée par « joli » :

> Le mai le *joli mai* en barque sur le Rhin
> Des dames regardaient du haut de la montagne
> Vous êtes si *jolies mais* la barque s'éloigne [...]

Une équivoque, dans *L'ermite*, rappelle les jeux compliqués des poètes du XVIe siècle (comme Clément Marot) ou ceux de Victor Hugo. Apollinaire y développe plaisamment l'homophonie « l'amour » / « la mourre » (qui est un jeu pratiqué en Sicile) :

> *L'amour jeu des nombrils* ou jeu de la grande oie
> *La mourre jeu du nombre il*lusoire des doigts

Le calembour (dont nous avions vu un autre exemple dans *Zone*, l'*argent* gagné en *Argent*ine, ainsi que la jeune fille *laide* qui doit se marier à *Leyde*), a ainsi un rôle poétique libératoire, destructeur du poncif, de l'idée reçue, et créateur de langage.

MÈTRES ET RYTHMES

La métrique (l'art d'agencer des mètres, des vers) est dans *Alcools* d'une grande variété. Sur les 50 poèmes du recueil (si l'on considère *À la Santé* comme un seul poème, mais 9 poèmes pour *Rhénanes*), la répartition des mètres est la suivante :

- 13 poèmes en alexandrins ;
- 10 poèmes en octosyllabes (vers de 8 syllabes) ;
- 10 poèmes où sont mélangés les mètres classiques ;
- 1 poème composé de vers de 4 syllabes ;
- 9 poèmes où sont mélangés mètres classiques et vers libres ;
- 7 poèmes en vers libres.

L'intérêt de ce décompte est de montrer à la fois la diversité des choix et le goût d'Apollinaire pour les formes classiques : 3 longs poèmes en quatrains d'alexandrins à rimes croisées ou embrassées, *Merlin et la vieille femme, Le larron, L'ermite* ; un long poème en quintils (strophes de 5 vers) d'octosyllabes à rimes croisées, *La Chanson du Mal-Aimé* ; le vers libre moderne n'est pas prédominant.

La longueur des poèmes est très diverse (59 quintils pour *La Chanson du Mal-Aimé* jusqu'à 1 vers pour *Chantre*, poème appelé « monostiche»). Le genre classique du sonnet est absent d'*Alcools*.

Pour le rythme du vers, de l'alexandrin notamment, Apollinaire tire profit des recherches des romantiques et de Verlaine ; il montre une grande aisance, en exploitant toutes les possibilités rythmiques. Dans *Les femmes* par exemple, presque tous les types de césures et de coupes secondaires sont utilisés ; on y trouve en particulier le trimètre romantique (4 + 4 + 4) par trois fois, avec des enjambements, et trois rejets expressifs. Dans ce poème, l'éventail de la palette rythmique traduit bien le caractère décousu de la conversation entrecoupée de remarques descriptives.

L'utilisation des vers courts est très habile. En opposition avec des alexandrins, ils créent souvent des ruptures de rythme dont les effets sont très variés. Ainsi, les 4 premières strophes de *Salomé*, dont la tonalité est plutôt triste, sont des quatrains d'alexandrins (avec, intercalé, un vers de 10 syllabes, utilisé ainsi la plupart du temps par Apollinaire) ; mais l'ordonnance du poème est brusquement rompue à la fin, par l'apparition de 3 vers de 6 syllabes, dont l'effet comique, très plaisant, renforce la fantaisie du sens des vers. Même effet de drôlerie dans l'avant-dernière strophe de *Palais*, qui fait suite à une série de quatrains d'alexandrins ; le système 12 + 4 + 8 + 12 bouscule brusquement les rythmes en s'accordant au caractère tonitruant du juron :

> Et tous ces mots criaient des choses nonpareilles
> Mais nom de Dieu !
> Ventre affamé n'a pas d'oreilles
> Et les convives mastiquaient à qui mieux mieux

À la fin d'*Automne malade*, 6 vers de 2 syllabes font suite à un trimètre romantique, en créant un effet de fuite très harmonieux :

> Toutes leurs larmes en automne feuille à feuille
> Les feuilles
> Qu'on foule
> Un train
> Qui roule
> La vie
> S'écoule

Voici un dernier exemple d'utilisation du vers court, avec *Un Soir* : on y rencontre d'abord, très harmonieuses, 4 strophes romantiques de système 12 + 6 ou 8 + 12 + 6 ou 8, à rimes croisées ; les rimes sont féminines pour les alexandrins, masculines pour les vers de 6 ou 8 syllabes. La cinquième strophe conserve les alexandrins, mais les deuxième et quatrième vers de cette même strophe sont raccourcis, et l'effet de surprise sonore amplifie l'atmosphère paradisiaque de la fin du poème :

> Des cloches aux sons clairs annonçaient ta naissance
> Vois
> Les chemins sont fleuris et les palmes s'avancent
> Vers toi

Notons enfin qu'Apollinaire se montre bon disciple de Verlaine dans l'usage des vers impairs de 5, 7 ou 9 syllabes. Dans *Art poétique (Jadis et naguère)*, Verlaine parle de la musique de « l'impair / Plus vague et plus soluble dans l'air » : cette définition s'applique très bien à l'harmonie délicieuse de *Clotilde*, où Apollinaire mélange vers impairs et pairs selon le système 7 + 7 + 7 + 8 pour chacune des trois strophes.

La musique de l'impair, souvent utilisée dans les poèmes élégiaques, crée des effets de surprise esthétique très forts, comme dans l'éventualité, si lourde de sens, qui termine *Les cloches*, où un vers de 5 syllabes succède à la suite de 15 octosyllabes :

> [...] Je ne saurai plus où me mettre
> Tu seras loin Je pleurerai
> J'en mourrai peut-être

L'inverse se produit à la fin de *Vendémiaire*, particulièrement soignée parce qu'il termine le recueil. Ce sont 2 vers de 13 syllabes, dont l'instabilité sonore se met finalement en place avec 2 alexandrins, comme ferait un accord final dans un morceau de musique :

> Écoutez mes chants d'universelle ivrognerie
>
> Et la nuit de septembre s'achevait lentement
> Les feux rouges des ponts s'éteignaient dans la Seine
> Les étoiles mouraient le jour naissait à peine

DEUXIÈME PARTIE

Cinq lectures analytiques

Texte 1 | *Zone*

(Début du poème)

À la fin tu es las de ce monde ancien

Bergère ô tour Eiffel le troupeau des ponts bêle ce matin

Tu en as assez de vivre dans l'antiquité grecque et romaine

Ici même les automobiles ont l'air d'être anciennes
La religion seule est restée toute neuve la religion
Est restée simple comme les hangars de Port-Aviation

Seul en Europe tu n'es pas antique ô Christianisme
L'Européen le plus moderne c'est vous Pape Pie X
Et toi que les fenêtres observent la honte te retient
D'entrer dans une église et de t'y confesser ce matin
Tu lis les prospectus les catalogues les affiches qui chantent tout haut
Voilà la poésie ce matin et pour la prose il y a les journaux
Il y a les livraisons à 25 centimes pleines d'aventures policières
Portraits des grands hommes et mille titres divers

J'ai vu ce matin une jolie rue dont j'ai oublié le nom
Neuve et propre du soleil elle était le clairon
Les directeurs les ouvriers et les belles sténo-dactylographes
Du lundi matin au samedi soir quatre fois par jour y passent
Le matin par trois fois la sirène y gémit
Une cloche rageuse y aboie vers midi
Les inscriptions des enseignes et des murailles
Les plaques les avis à la façon des perroquets criaillent
J'aime la grâce de cette rue industrielle
Située à Paris entre la rue Aumont-Thiéville et l'avenue des Ternes

Voilà la jeune rue et tu n'es encore qu'un petit enfant
Ta mère ne t'habille que de bleu et de blanc
Tu es très pieux et avec le plus ancien de tes camarades René Dalize

Vous n'aimez rien tant que les pompes de l'Église
Il est neuf heures le gaz est baissé tout bleu vous sortez du
[dortoir en cachette
Vous priez toute la nuit dans la chapelle du collège
Tandis qu'éternelle et adorable profondeur améthyste
Tourne à jamais la flamboyante gloire du Christ
C'est le beau lys que tous nous cultivons
C'est la torche aux cheveux roux que n'éteint pas le vent
C'est le fils pâle et vermeil de la douloureuse mère
C'est l'arbre toujours touffu de toutes les prières
C'est la double potence de l'honneur et de l'éternité
C'est l'étoile à six branches
C'est Dieu qui meurt le vendredi et ressuscite le dimanche
C'est le Christ qui monte au ciel mieux que les aviateurs
Il détient le record du monde pour la hauteur
[...]

INTRODUCTION

Composé en 1912, *Zone* est chronologiquement le dernier poème écrit par Apollinaire avant la publication d'*Alcools*. Il est pourtant placé en tête du recueil, et cette situation témoigne de l'importance que lui portait le poète.

Si l'on part de l'étymologie du mot (du grec « zônê » qui signifie la « ceinture »), le sens du titre *Zone* suggérerait ainsi, sur le plan de la forme, la « composition circulaire », « en boucle », du recueil (→ PROBLÉMATIQUE 3, p. 38).

L'extrait de *Zone* que nous présentons (V. 1-41) offre deux centres d'intérêt, très liés l'un à l'autre : le goût du modernisme, à travers l'évocation de la société contemporaine, et la profondeur du sentiment religieux.

PREMIER AXE DE LECTURE
L'EXPRESSION DU MODERNISME

Le goût d'Apollinaire pour le monde qui l'entoure se manifeste ici dans une esthétique[1] résolument moderniste. On peut voir aussi l'intérêt du poète pour les manifestations de la vie quotidienne. On analysera un aspect particulièrement moderne du discours poétique : le mélange des personnes des verbes.

L'esthétique moderniste

Le premier vers du texte exprime clairement une des raisons des choix esthétiques du poète : la lassitude devant des formes d'art qui lui paraissent dépassées, le néo-classicisme académique, le symbolisme, et même l'impressionnisme. Dans les *Méditations esthétiques* (1913), il proclame ses certitudes : « On s'achemine ainsi vers un art entièrement nouveau. » Quelles sont ces nouvelles formes d'art ? Le cubisme de Braque et de Picasso, le futurisme prôné par Marinetti, le fauvisme de Derain et Vlaminck, pour ne parler que de trois courants de la peinture du XXe siècle commençant.

Les formes modernes de l'architecture fascinent Apollinaire : ce sont les constructions industrielles dont la simplicité le séduit (« les hangars de Port-Aviation », v. 6) ; c'est l'esthétique de la ferraille, la tour Eiffel qu'ont peinte si souvent Delaunay et Chagall :

> Bergère ô tour Eiffel le troupeau des ponts bêle ce matin

L'image qui se développe dans ce vers 2 est plastiquement intéressante. Les courbes des arches des ponts de la Seine évoquent les dos de moutons en troupeau. Elles appellent irrésistiblement l'assimilation de la tour, forme isolée sur les quais, et verticale, à une bergère. Cette bergère est située sur une *berge* de la Seine. On notera aussi le caractère insolite du bêlement des sirènes de péniches.

---

1. L'esthétique, c'est le sentiment du Beau. L'esthétique moderniste, c'est le goût pour les formes modernes du Beau.

Le champ lexical de la vie quotidienne

Amoureux de Paris, c'est surtout la ville moderne qu'Apollinaire aime décrire. Plutôt que les grands monuments classiques, c'est une rue « industrielle » (v. 23) qui l'intéresse, une rue « neuve ». Elle est située hors des circuits touristiques traditionnels, et il en a « oublié » le nom. Cette rue est animée par des personnages présentés avec des mots simples, presque techniques (v. 17-18) :

> Les directeurs les ouvriers et les belles sténo-dactylographes
> Du lundi matin au samedi soir quatre fois par jour y passent

La vie moderne, ici, est suscitée par un riche éventail de sons : « clairon » (v. 16), « gémit » (v. 19), « aboie » (v. 20), « criaillent » (v. 22). Cette musique moderne annonce celle d'Honegger (*Pacific 231*, 1923).

Loin de la déparer, ce sont les éléments concrets de la vie quotidienne qui assurent l'esthétique de la rue (v. 21-22) :

> Les inscriptions des enseignes et des murailles
> Les plaques les avis à la façon des perroquets criaillent

Il est vrai qu'au début du XXe siècle, le développement de la publicité (« réclame » à l'époque) s'accompagne, chez les affichistes, d'une recherche plastique de plus en plus affirmée. Delaunay et Dufy, par exemple, incorporent des affiches dans certains de leurs tableaux, ou en réalisent eux-mêmes. On voit ainsi une sorte de poétisation de l'urbanisme (v. 11-12) :

> Tu lis les prospectus les catalogues les affiches qui chantent tout haut
> Voilà la poésie ce matin [...]

Pour conclure sur ce point, doit-on considérer que, dans le vers 23 : « J'aime la grâce de cette rue industrielle », les mots « grâce » et « industrielle » choquent dans leur rapprochement ? Sûrement pas : une fois l'effet de surprise passé, on peut bien souscrire à l'idée du poète qui refuse le passéisme, le goût de l'ancien temps. Il inscrit l'esthétique nouvelle dans un cadre nouveau, celui de la vie moderne de tous les jours. Si cette conception du modernisme peut paraître aujourd'hui trop datée, elle n'en est pas moins, en son temps, vigoureuse, décapante et porteuse d'avenir.

Un discours poétique moderniste

Le discours poétique se veut ici novateur, moderne. Beaucoup d'éléments stylistiques peuvent en témoigner, comme l'usage du vers libre, par exemple, ou l'absence de ponctuation. Nous retiendrons seulement le procédé par lequel le poète mélange les personnes des verbes, ainsi que la valeur des temps.

Le « je » désigne le poète, ses activités, et les sentiments qu'il éprouve au moment où il écrit (v. 15, 23).

Le « tu » désigne lui aussi le poète et ses sentiments actuels (v. 1, 9, 11). Mais la deuxième personne du singulier désigne également l'auteur à l'époque où il était enfant (v. 25-27). Ce rappel de l'enfance s'énonce au présent (« es », « habille », v. 25-26), dans une continuité chronologique qui provoque un effet de surprise.

Ce parallélisme des personnes des verbes semble relever de la simple fantaisie ou, mieux encore, du désir de varier, en la modernisant, l'expression narrative traditionnelle.

Quant au choix de la deuxième personne du pluriel (v. 28-30), qui désigne le poète enfant en compagnie de son camarade Dalize (v. 27), il peut s'expliquer par un désir de mise à distance. C'est la distance d'un passé certes lointain, mais rendu proche par l'usage du présent. Le choix du « vous », pour montrer la scène de la chapelle, a une valeur neutre, celle d'un énoncé objectif.

DEUXIÈME AXE DE LECTURE
UNE TONALITÉ SPIRITUALISTE

Apollinaire ne peut pas être considéré comme un écrivain chrétien. Ce qui ressort de l'ensemble de son œuvre, ce serait plutôt l'athéisme. Néanmoins, des connaissances précises en matière de dogme, des accents spiritualistes, et même le sentiment du divin apparaissent, parfois, dans *Alcools*. L'extrait que nous étudions peut en témoigner. On y voit précisément une évocation de l'enfant pratiquant qu'a été le jeune Apollinaire et, dans la représentation du Christ, un élan lyrique chargé de religiosité. Ce sont les deux directions de recherche que nous mettrons en valeur, après avoir au préalable abordé la question des rapports entre modernisme et sentiment religieux.

Modernisme et religion

Le début de *Zone* semble présenter une contradiction dans la pensée. Au moment, en effet, où il proclame sa lassitude de l'Antiquité, le poète affirme également que le christianisme, datant pourtant de presque deux millénaires, n'a pas vieilli (v. 5, 8 et 9).

On pourrait croire le vers 9 ironique (Pie X, en 1907, s'est précisément élevé contre le modernisme de certains courants chrétiens de l'époque). Il n'en est rien. Il est sans doute plus juste de constater la lucidité du poète. Il entrevoit le caractère transitoire d'une actualité condamnée à être vite dépassée (c'est-à-dire le modernisme), en regard de l'impression de sortie du temps, qui se dégage de toute idée religieuse. Il faut alors parler, pour la religion, de modernité, c'est-à-dire ce qui reste perpétuellement moderne.

Cette contradiction entre les exigences évidentes du modernisme, inscrit dans son époque, et la permanence intemporelle du sentiment religieux qu'Apollinaire éprouve peut-être même contre son gré, provoquent chez lui un désarroi certain (v. 9, 10) :

> Et toi que les fenêtres observent la honte te retient
> D'entrer dans une église et de t'y confesser ce matin

L'ambiguïté des sentiments se traduit dans le désir de se soumettre au sacrement de l'Église le plus « simple » (v. 6), le plus naturel, celui de la confession. À cela s'oppose la honte de l'adulte en qui prédominent les convictions athées.

Le début de *Zone* est ainsi bien loin de proclamer, à l'aube du XXe siècle, des certitudes triomphantes devant le monde futur. Nous retrouvons le même malaise à la fin du poème.

L'évocation d'une enfance pieuse

Au vers 25, la liaison entre la peinture de la rue industrielle et le rappel d'un moment de l'enfance du poète s'effectue avec beaucoup d'aisance. En effet, la rue moderne, s'opposant au « monde ancien », est « jeune ». C'est une transition toute naturelle vers la jeunesse du poète et la reprise, sous une autre forme, du thème religieux. Car ce qu'Apollinaire retient des années 1892-1895, pendant lesquelles, de la classe de sixième à la troisième, il fréquente comme pensionnaire le collège Saint-Charles à Monaco, ce sont des souvenirs de piété : « Tu es très pieux [...] » (v. 27). L'évocation de la vie religieuse de l'enfant est inséparable de celle de la naissance de son amitié avec René Dalize (mort à la guerre en 1917 ; Apollinaire lui dédiera *Calligrammes*).

Le plus surprenant, ici, est que le goût de l'interdit, caractéristique de l'état d'enfance, se manifeste non par une farce de collégien, mais par un zèle religieux quasi monacal (v. 29-30) :

> Il est neuf heures le gaz est baissé tout bleu vous sortez du dortoir
> [en cachette
> Vous priez toute la nuit dans la chapelle du collège

Le sentiment religieux, en fait, est bien éloigné de la vanité pompeuse des rites ; les deux enfants n'ont rien du Tartuffe et risquent une punition pour satisfaire, en solitaires, leur envie de prier. L'enfant audacieux, ici, s'oppose à l'adulte timoré et honteux des vers 9 et 10.

La religiosité de la scène est confirmée par la couleur dominante bleue, couleur de la Vierge, à laquelle est voué l'enfant : « Ta mère ne t'habille que de bleu et de blanc » (v. 26). C'est la couleur du gaz d'éclairage de l'époque (« tout bleu », v. 29). Elle qualifie également, par l'adjectif « améthyste » du vers 31 (la pierre améthyste est mauve), la gloire du Christ, sur laquelle nous reviendrons plus loin.

L'élan lyrique

Les vers 31-40 forment, dans ce début de *Zone*, un ensemble qui tranche sur le reste du poème par la singularité du ton. Pour célébrer le Christ, Apollinaire utilise un style lyrique marqué par de nombreuses images et par le procédé de l'anaphore.

L'anaphore consiste en la reprise d'un mot, ou d'un groupe de mots, en début de vers : ici, le présentatif « c'est » est répété huit fois. En règle générale, l'anaphore est un procédé rhétorique d'insistance, d'amplification. Employé en poésie, il a une force supplémentaire, et crée ce qu'on pourrait appeler le « ronron » poétique, où la répétition des sons a une valeur incantatoire.

L'incantation est une série de formules magiques destinées à modifier l'ordre du monde ; par exemple, changer les sentiments d'une personne ou provoquer un phénomène météorologique. Toutes les religions ont repris pour leur compte l'incantation magique primitive. Le christianisme en a tiré, notamment, la litanie, type de longue prière à caractère monotone et répétitif. Il va de soi que, en raison de la minceur de la frontière entre religion et poésie, les poètes se sont emparés du procédé, surtout depuis les premiers romantiques allemands.

L'intérêt de l'anaphore, dans ce passage, est qu'elle est précisément au service à la fois de la poésie et d'un sentiment religieux très fort. On pense ici au poète chrétien Charles Péguy qui, dans *Ève* (fin 1913) par exemple, multiplie systématiquement ce procédé.

Les images

Une série d'images traduisent l'adoration du Christ en gloire. Au sens religieux du terme, la gloire est la lumière, l'auréole qui entoure le visage. Le Christ est successivement assimilé à :
- un *lys*, symbole biblique et symbole du royaume de France ;
- une *torche*, dont la flamme est implicitement comparée à la couleur rousse, volontairement choisie ici, des cheveux du Christ ;
- un *arbre*, dont les feuilles persistantes représentent toutes les prières qui s'élèvent de l'humanité ;
- la *croix* (« double potence », v. 37), dont les branches sont abstraites (« honneur » et « éternité », v. 37) ;
- l'*étoile à six branches*, formée de deux triangles isocèles encastrés ; c'est l'étoile de David, roi biblique, qui est un symbole judaïque ;
- un *aviateur*, symbole concret de la résurrection évoquée au vers 39.

La plupart de ces images ont en commun la verticalité des lignes (« lys », « torche », « arbre », « potence ») et la luminosité des couleurs (« flamboyante », « roux », « vermeil »).

Revenons sur la dernière image de l'aviateur, dont la force étonnante procède d'un mélange du réalisme le plus moderniste

(Apollinaire adorait l'aviation) et d'un humour percutant. Elle provient de l'image de la croix, dont les deux branches latérales figurent évidemment les ailes d'un avion. L'ascension de l'avion est mise en parallèle avec celle du Christ, dont la montée au Ciel est rappelée chaque année par la fête de l'Ascension. Il n'y a rien d'irrévérencieux dans cette image, ni de provocateur. Mais le ton est surréaliste, et surtout étonnamment cocasse dans l'idée du Christ recordman d'altitude. Rien n'est plus poétiquement efficace que cette explosion humoristique qui termine la litanie, comme un éclat de rire, dans une gradation parallèle à l'idée-force ascensionnelle.

CONCLUSION

Pour terminer sur cette étude de *Zone*, on pourra mettre l'accent sur l'originalité d'un poète qui sait admirablement mélanger :
- les thèmes : réflexion sur le monde actuel, peinture de la ville, souvenirs d'enfance, exaltation religieuse ;
- les tons : descriptif, lyrique, comique ;
- les types de vers, du vers libre descriptif au vers lyrique de la litanie.

Ce poème frappe par sa nouveauté.

Texte 2 | *Le Pont Mirabeau*

Sous le pont Mirabeau coule la Seine
Et nos amours
Faut-il qu'il m'en souvienne
La joie venait toujours après la peine

Vienne la nuit sonne l'heure
Les jours s'en vont je demeure

Les mains dans les mains restons face à face
Tandis que sous
Le pont de nos bras passe
Des éternels regards l'onde si lasse

Vienne la nuit sonne l'heure
Les jours s'en vont je demeure

L'amour s'en va comme cette eau courante
L'amour s'en va
Comme la vie est lente
Et comme l'Espérance est violente

Vienne la nuit sonne l'heure
Les jours s'en vont je demeure

Passent les jours et passent les semaines
Ni temps passé
Ni les amours reviennent
Sous le pont Mirabeau coule la Seine

Vienne la nuit sonne l'heure
Les jours s'en vont je demeure

INTRODUCTION

Publié en février 1912 dans la revue *Les Soirées de Paris*, ce poème est inspiré par Marie Laurencin. Très épris de la jeune femme, Apollinaire a eu avec elle une liaison à partir de 1907. Mais, lassée par son caractère difficile, Marie quitte le poète, qui écrit *Le Pont Mirabeau* après la rupture.

En 1911, Apollinaire habitait depuis deux ans le quartier d'Auteuil, dans le XVIe arrondissement, et aimait à emprunter le pont Mirabeau quand il rentrait chez lui à pied, venant de la rive gauche. Il était sans doute souvent en compagnie de Marie. L'image de ce pont est donc naturellement associée au souvenir des amours du poète.

Le pont a, de plus, une valeur symbolique que nous analyserons d'abord avec le caractère élégiaque du poème. La musicalité du texte sera notre seconde approche.

PREMIER AXE DE LECTURE
UN POÈME ÉLÉGIAQUE

Poème d'amour, *Le Pont Mirabeau* peut être également considéré comme une élégie. Le genre de l'élégie, qui vient du mot grec signifiant « plainte », est, depuis l'Antiquité, un poème généralement court. Sa tonalité est l'expression de la tendresse, de la mélancolie, du regret, de la nostalgie. Apollinaire fait, dans *Alcools*, un grand usage du mode élégiaque (→ PROBLÉMATIQUE 2, pp. 18-27). On retrouve dans ce poème deux des thèmes élégiaques les plus usuels : le temps qui passe et le souvenir des amours mortes. Un troisième thème, assez original celui-là, apparaît dans *Le Pont Mirabeau* : la permanence de l'Être.

L'expression du temps qui passe

Très fréquent en poésie, et particulièrement dans l'élégie, le thème de la fuite du temps trouve ici une expression bien adaptée. L'écoulement de l'eau du fleuve, en effet, symbolise avec justesse la succession des heures, des jours, des années. Les deux éléments de l'image comportent les mêmes caractères : la lenteur (v. 15), la continuité ininterrompue (« éternels », v. 10), l'irréversibilité (v. 20-21). Autour du symbole du vers 1, « coule la Seine » (repris au vers 22), le champ lexical de la fuite du temps s'organise à partir des verbes. Ils sont tous au présent, sauf « venait » (v. 4). Ce temps marque la continuité éternelle : « passe » (v. 9), « s'en va » (v. 13-14), « Passent » (v. 19, répété) et repris par le participe « passé » (v. 20), et surtout « s'en vont », au deuxième vers du refrain, repris quatre fois.

La symbolique de l'eau courante, signe de l'écoulement du temps, n'est pas vraiment nouvelle. Héraclite, chez les anciens Grecs, en faisait le pivot de sa philosophie. Les écrivains romantiques, Chateaubriand entre autres, l'ont beaucoup reprise. Elle est ici particulièrement expressive, malgré une très grande simplicité apparente, en raison de l'adéquation parfaite du thème, de la fluidité des vers, et du mouvement giratoire du poème, comme on le verra plus loin.

Comparaisons et images : le souvenir des amours mortes

En établissant la comparaison entre l'eau du fleuve et l'amour, le vers 13 élargit le thème de la fuite du temps :

> L'amour s'en va comme cette eau courante

Notons que « comme », aux vers 15 et 16, n'a plus de valeur de comparaison, mais est un adverbe d'exclamation. Les vers 21 et 22 associent également l'amour et la Seine.

L'évocation de l'amour passé, malgré les orages vécus par les deux amants, n'a aucun caractère dramatique, ni désespéré. Elle est comme filtrée, adoucie par le souvenir (v. 2-3) :

> Et nos amours
> Faut-il qu'il m'en souvienne

Cette interrogation (mais qui peut être aussi, dans une délicieuse ambiguïté, une exclamation en forme de soupir) se fait sur un ton de lassitude, sans agressivité. Le vers 4 rappelle aussi bien les souvenirs heureux que malheureux :

> La joie venait toujours après la peine

La quasi-généralisation du présent[1] indique la continuité du souvenir, comme la continuité du courant du fleuve. Mais le souvenir évoque une histoire d'amour terminée, sans que l'on puisse jamais revenir en arrière, comme le fleuve du temps :

Ni temps passé
Ni les amours reviennent

La dernière comparaison entre l'eau et l'amour se place, elle aussi, sous le signe de la lassitude (v. 8-10) :

Tandis que sous
Le pont de nos bras passe
Des éternels regards[2] l'onde si lasse

La belle image de l'union des amants (sur laquelle nous reviendrons plus loin) est comme assombrie par la pesanteur du temps. L'onde s'épuise d'être regardée, comme s'épuise le regard mutuel des amants, dans une liaison qui a trop duré.

Une image symbolique de la permanence de l'Être

Les amours sont mortes, mais le poète est toujours là pour les chanter. La continuité du fleuve, c'est aussi la continuité psychique du poète, la permanence de son être, affirmée quatre fois dans le refrain, et terminant le poème :

Les jours s'en vont je demeure

Le symbole du pont, forme éternellement fixe au-dessus du flot continu du fleuve, est au centre du poème. L'affirmation de l'Être n'a aucun caractère triomphant ; il suffit du vers 15 pour nous l'indiquer :

Comme la vie est lente

La lenteur de la vie est moins le signe de l'ennui que celui du sentiment de la permanence : le fleuve s'écoule, mais demeure

1. Le verbe « venait » (v. 4) est le seul à être au passé dans le poème.
2. Précisons la fonction grammaticale de « regards » : complément inversé de l'adjectif « lasse », marquant la cause.

éternellement. Il faut voir là l'affirmation de la continuité de la conscience et, plus généralement, de la vie.

Évitons, sur ce point, la tentation d'interpréter les vers 15 et 16 comme un appel à d'autres amours, ce qui serait banal, voire vulgaire. Il est plus juste d'évoquer la santé physique et psychique de l'homme qui, au milieu d'une chanson d'amour mélancolique, s'exclame, de si énergique façon :

> Et comme l'Espérance est violente

La permanence de l'Être, c'est aussi celle de la poésie, qui s'inscrit dans l'éternel. C'est ainsi que le passage de l'image symbolique du pont à celle du « pont de nos bras », évoqué à la strophe 2, a pour fonction de pérenniser l'amour passé. Cette opération est possible par la valeur magique du vers. Ce qui est *dit* par le poète est *fait* (« poète » est un mot issu de la racine grecque du verbe « faire »). Et en réalité, aucun lecteur d'*Alcools* ne pourra s'empêcher, s'il traverse le pont Mirabeau, de penser à ce poème. Le « face à face » (v. 7) de Guillaume et de Marie est fixé pour l'éternité[3].

DEUXIÈME AXE DE LECTURE
UN POÈME MUSICAL

Le Pont Mirabeau est une chanson, pleine de musique. Cette musicalité du poème se traduit d'abord par la présence d'un refrain et de nombreux éléments répétitifs. La structure rythmique du poème contribue également à la musicalité, renforcée enfin par le jeu des sonorités et des rimes.

Le refrain et les répétitions

On a vu, à propos de la litanie (→ LECTURE 1, p. 93), que le caractère incantatoire de la poésie était souvent obtenu par des effets de répétition. Le procédé se retrouve ici avec la présence d'un refrain répété quatre fois, qui expose avec une force lancinante le thème majeur de

3. La même incantation magique se trouvait déjà à la fin du Lac de Lamartine : « Que [...] tout dise : " Ils ont aimé ! " ». L'image du poète et de sa bien-aimée est ainsi pour toujours associée au lac du Bourget.

la permanence. Les subjonctifs répétés, « vienne » et « sonne », redoublent, à chaque fois, la reprise. Notons au passage que leur valeur est équivoque : soit un souhait (« Vienne la nuit » = puisse la nuit venir), soit une concession (= même si la nuit vient). Le refrain, dans sa répétition, traduit aussi l'idée de la marche successive et inéluctable des jours (« Les jours s'en vont »). Enfin, il rattache *Le Pont Mirabeau* au genre de la chanson, genre lyrique, c'est-à-dire musical (la lyre est l'instrument symbolique du poète).

Le caractère cyclique, presque rotatif, du retour du refrain est confirmé, dans le texte, par de nombreuses répétitions. La principale est celle du premier vers du premier « couplet », qui devient dernier vers du dernier couplet. À l'évidence, c'est ici une structure en boucle fermée, chère à Apollinaire (→ PROBLÉMATIQUE 3, p. 38). Mais la circularité est aussi le signe de l'éternel recommencement des jours et des semaines. Cet éternel retour est également exprimé par la répétition au vers 19 (appuyée ensuite par la reprise « ni [...] ni [...] ») :

> Passent les jours et passent les semaines

Les autres répétitions du texte ont une valeur essentiellement musicale, nuancée d'insistance, et en forme d'écho, comme aux vers 13 et 14 :

> L'amour s'en va comme cette eau courante
> L'amour s'en va

La même strophe reprend le principe de la répétition avec le redoublement de l'exclamation : « comme [...] comme [...] ». Remarquons enfin, au vers 7, le tour de force d'une double répétition dans un décasyllabe :

> Les mains dans les mains restons face à face

Une bonne part du charme de ce texte tient dans ces séries de reprises ronronnantes. Le moteur de la poésie, ici, « tourne » bien.

La structure rythmique

Nous analyserons essentiellement les rythmes de la première strophe, les trois autres étant identiques, dans leur forme, à la première.

Le premier et le dernier des quatre vers de la strophe sont des décasyllabes, encadrant deux vers respectivement de quatre et six syllabes (10 + 4 + 6 + 10). Une première version manuscrite du poème, datant d'avant la suppression de la ponctuation, montre qu'Apollinaire avait d'abord songé à une strophe de trois décasyllabes (10 + 10 + 10) :

> Sous le pont Mirabeau coule la Seine
> Et nos amours, faut-il qu'il m'en souvienne
> La joie venait toujours après la peine

La version définitive témoigne d'un net progrès. Sur le plan purement rythmique, en effet, le découpage en deux vers (4 + 6) du deuxième décasyllabe primitif développe une séquence : 4 + 6 + 10. Cette séquence est plus riche, par la suite de plages rythmiques en progression quantitative, en augmentation de volume sonore, en succession de rebonds de plus en plus larges, comme un triple saut.

Un premier effet de cette modification est donc l'accroissement du souffle, de la respiration rythmique. Cet effet est particulièrement sensible à la strophe 3, en parfait accord avec le sens des vers :

> L'amour s'en va [...]
> Comme la vie est lente
> Et comme l'Espérance est violente

Une deuxième conséquence se remarque dans la fluidité des vers. La strophe 2 est, à cet égard, caractéristique :

> Tandis que sous
> Le pont de nos bras passe
> Des éternels regards l'onde si lasse

Les enjambements obtenus par le système 4 + 6 + 10, ainsi que l'inversion du sujet « onde », obligent à une diction continue des trois vers, formant au total vingt syllabes. Le procédé rythmique est évidemment à mettre en parallèle avec la continuité du flot du fleuve.

Un dernier effet consiste en la production d'ambiguïtés poétiques. Ainsi, à la strophe 1, le mot « amours » peut être, grammaticalement :
– soit sujet partiel de « coule » (accord du verbe à la latine, avec le sujet le plus rapproché) ;
– soit complément d'objet indirect anticipé de « souvienne », repris par « en ».

Suivant qu'on lit les vers : 1 *et* 2, puis 3, ou bien 1, puis 2 *et* 3, le sens est savoureusement différent. L'équivoque, ici, est source de poésie.

Le jeu des sonorités

La musique du poème est due également à un assemblage de sonorités particulièrement travaillé. Nous avons déjà noté le phénomène d'écho (« L'amour s'en va ») pour la strophe 3. La strophe 1 est, à cet égard, exemplaire, avec le son « ou », repris six fois. Il en va de même pour la strophe 4 : trois reprises du son « as ». La deuxième strophe alterne les reprises des sonorités « a » et « on » :

Les mains dans les mains rest*on*s f*a*ce à f*a*ce
Tandis que sous
Le p*on*t de nos br*as* p*a*sse
Des éternels reg*a*rds l'*on*de si l*a*sse

Dans la strophe 3, l'eau courante est suggérée, à six reprises, par la répétition de la consonne liquide « l ».

La disposition des rimes féminines identiques dans trois vers de chaque strophe est aussi très harmonieuse. Deux strophes présentent, de plus, des rimes internes : la troisième (« s'en va » deux fois) et la quatrième (« jours » et « amours »). Notons, pour finir, l'admirable astuce de l'inversion des sonorités avant les rimes des vers 15 et 16 :

Comme la *vie est* lente
Et comme l'Espérance *est vi*olente

Cette disposition est mise en valeur par la diérèse (dissociation des deux éléments de la diphtongue « io » en « i-o »), obligatoire pour obtenir un décasyllabe.

CONCLUSION

Ce poème se situe dans la tradition élégiaque romantique. On trouve la même thématique du souvenir amoureux, rendu mélancolique par le temps passé, dans *Tristesse d'Olympio* de Hugo, *Le Lac* de Lamartine et *Souvenir* de Musset.

Mais l'écriture poétique moderne (l'absence de ponctuation, les ambiguïtés, par exemple) rend le texte original et unique. Enfin, le fait que Marie ne soit pas nommée, et la profonde humanité de la plainte lyrique, assurent au poème une portée universelle.

Texte 3 | *La Chanson du Mal-Aimé*[1]

(Strophes 1 à 5)

Un soir de demi-brume à Londres
Un voyou qui ressemblait à
Mon amour vint à ma rencontre
Et le regard qu'il me jeta
Me fit baisser les yeux de honte

Je suivis ce mauvais garçon
Qui sifflotait mains dans les poches
Nous semblions entre les maisons
Onde ouverte de la mer Rouge
Lui les Hébreux moi Pharaon

Que tombent ces vagues de briques
Si tu ne fus pas bien aimée
Je suis le souverain d'Égypte
Sa sœur-épouse son armée
Si tu n'es pas l'amour unique

Au tournant d'une rue brûlant
De tous les feux de ses façades
Plaies du brouillard sanguinolent
Où se lamentaient les façades
Une femme lui ressemblant

C'était son regard d'inhumaine
La cicatrice à son cou nu
Sortit saoule d'une taverne
Au moment où je reconnus
La fausseté de l'amour même
[...]

---

1. Nous respectons ici la typographie en caractères italiques utilisée dans la « Bibliothèque de la Pléiade » et dans la petite collection « Poésie » (Gallimard).

INTRODUCTION

En 1901, Guillaume Apollinaire est engagé comme précepteur d'une jeune fille de la noblesse allemande, vivant en Rhénanie. Là, il tombe amoureux d'Annie Playden, la gouvernante anglaise. Celle-ci répond d'abord à son amour mais elle prend peur ensuite devant la violence de la passion du jeune homme ; elle reprend donc sa parole et rentre dans son pays. Pourtant, à deux reprises, Guillaume la poursuit jusqu'à Londres, en novembre 1903, puis en mai 1904. Ces voyages seront vains (→ PROBLÉMATIQUE **1, pp. 6-7**).

Le titre de *La Chanson du Mal-Aimé* présente d'emblée un néologisme, le « *Mal*-Aimé », mot créé par l'auteur sur le modèle de « bien-aimé » et s'opposant à lui. Le « Mal-Aimé » est le seul nom qui soit donné ici au protagoniste.

Le poème commence par un récit à la première personne, utilisant le passé simple et l'imparfait. Un soir, dans le brouillard, à Londres, le Mal-Aimé croit voir venir à sa rencontre la femme qu'il aime. Mais il rectifie son erreur : il ne s'agit que d'un voyou qui lui lance un regard équivoque et s'en va. Pourtant, le Mal-Aimé se lance en vain à sa poursuite, tout en affirmant la persistance de l'amour qu'il éprouve pour cette femme (monologue intérieur de la strophe 3). Il fait alors une deuxième rencontre, celle d'une femme saoule au regard dur. Elle ressemble à celle qu'il aime, mais on dirait aussi une prostituée. Il prend alors conscience de « La fausseté de l'amour » (v. 25), sentiment qui promet ce qu'il ne peut tenir (→ PROBLÉMATIQUE **4, p. 52**).

Nous étudierons successivement :

– la présentation des personnages ;

– le ton et le décor, qui suggèrent d'abord un univers de rêve puis un monde de cauchemar ;

– l'expression du lyrisme, qui mêle la tradition et l'invention.

PREMIER AXE DE LECTURE
PRÉSENTATION DES PERSONNAGES

Protagonistes et personnages rencontrés

Comme dans toute histoire d'amour, il y a ici deux personnages principaux. L'homme est celui qui dit « je ». Il n'est nommé que dans le titre (le « Mal-Aimé »). C'est lui qui raconte l'histoire et qui l'a vécue dans un passé indéterminé : « Un soir [...] à Londres » (v. 1). La femme, qui fut « bien aimée » (v. 12), n'est pas davantage nommée. Elle apparaît d'abord comme « tu » dans les discours du Mal-Aimé (monologue intérieur de la strophe 3 qui, en fait, s'adresse à elle). Elle est ensuite désignée par le pronom de la troisième personne, « lui », dans la reprise du récit : « Une femme lui ressemblant » (v. 20). Son identité ne fait aucun doute puisqu'elle est « l'amour unique » (v. 15). Mais elle n'apparaît pas directement dans l'épisode raconté.

En revanche, les deux personnages rencontrés, le voyou et la femme saoule, l'évoquent par la ressemblance explicite :

> Un voyou qui ressemblait à
> Mon amour [...]
>
> (v. 2-3)

> Une femme lui ressemblant
>
> (v. 20)

Cette ressemblance est particulièrement forte lors de la première rencontre. En effet, le vers 3 :

> Mon amour vint à ma rencontre

peut se lire de manière autonome, sans tenir compte de son lien syntaxique avec le vers précédent.

On note le caractère déplaisant des deux personnages rencontrés. Le voyou, la femme saoule appartiennent, par tradition, à la grande ville corrompue des romans du XIXe siècle (ceux de Balzac, de Zola). Par ailleurs, leur attitude ou leur apparence témoignent de leur mépris ou de leur corruption : le regard du mauvais garçon contraint le Mal-Aimé à « baisser les yeux de honte » (v. 5). Quant à la femme au « regard d'inhumaine », une « cicatrice » abîme « son cou nu » ; et, telle une prostituée, elle « [sort] [...] saoule d'une taverne » (v. 21-23).

Les réactions du Mal-Aimé

Pourtant, le Mal-Aimé, bien que frappé de honte, se lance obstinément à la poursuite du mauvais garçon, comme sous l'effet d'un envoûtement magique. Et, simultanément, il affirme sa fidélité à la femme que lui rappelle ce voyou : « tu [...] fus [...] bien aimée » (v. 12), « tu [...] es [...] l'amour unique » (v. 15). On voit ainsi à l'œuvre une conception relativement originale du sentiment amoureux. C'est un assujettissement (le Mal-Aimé ne peut s'empêcher de suivre le voyou) en dépit de l'humiliation qu'il éprouve (la honte).

Néanmoins, la deuxième rencontre provoque chez le jeune homme un changement radical : il rejette l'amour. Pourquoi cela ? C'est que, d'abord, la ressemblance de la femme saoule avec la femme aimée est très nette : même sexe (« Une femme », v. 20), même « regard », même « cicatrice » (v. 21-22). Ensuite, la déchéance est totale : cette femme est méprisable (« saoule « , « taverne », v. 23), son égoïsme est manifeste (« regard d'inhumaine », v. 21) et sa beauté est dégradée (« cicatrice », v. 22). Elle n'est donc pas digne de l'amour qu'il éprouve pour elle. Et, par généralisation, il condamne pour son caractère trompeur, sa « fausseté » (v. 25), le sentiment même de l'amour.

Ressemblance physique et fausseté morale

On retrouve ici, d'une certaine manière, une tradition héritée de Platon[2] et transmise par certains poètes du Moyen Âge et du XVIe siècle : la croyance que la beauté du visage et celle du corps ne sont que le reflet de la beauté de l'âme. Ici, à l'inverse, ce sont la dégradation physique (« cicatrice », « saoule », v. 22-23) et la dureté du regard qui révèlent la corruption de l'âme, la fausseté de celle qui fut « bien aimée » (v. 12). Car, en retour, elle aima *mal*, puisqu'elle cessa d'aimer sans raison.

---

2. Philosophe Grec du Ve siècle avant Jésus-Christ.

On voit donc la richesse, psychologique et poétique, du recours aux personnages de rencontre. Aperçus par hasard, et regardés pour leur ressemblance physique avec la femme aimée, ils servent en fait de révélateurs des sentiments, encore inconscients, du Mal-Aimé : la honte de continuer à aimer une femme qui ne l'aime plus, l'inutilité de cet amour sans espoir (qu'exprime la poursuite vaine de la strophe 2), et enfin le rejet de l'amour qui ne tient pas ses promesses.

DEUXIÈME AXE DE LECTURE
LE TON ET LE DÉCOR : DU RÊVE AU CAUCHEMAR

De la première rencontre (celle du voyou) à la deuxième (celle de la femme saoule), le ton change et le décor se modifie. Certes, la réalité temporelle (le soir), locale (les rues de Londres), météorologique (le brouillard) demeure la même. Pourtant, le poème passe d'un plan onirique (le rêve) à un plan presque surréaliste qui avoisine le cauchemar.

L'univers poétique de l'apparition : la première rencontre

Le ton poétique est donné dès le premier vers avec la « demi-brume ». L'adjectif quantitatif « demi » oriente cette expression vers l'imprécision, puisque la brume n'est pas mesurable. Il est renforcé par l'ambiguïté du vers 3 :

> Mon amour vint à ma rencontre

Nous avons vu, p. 105, que ce vers peut constituer à lui seul une phrase correcte. Enfin, l'image de la strophe 2 entraîne personnages et lecteur hors du temps et de l'espace (v. 8-10) :

> Nous semblions entre les maisons
> Onde ouverte de la mer Rouge
> Lui les Hébreux moi Pharaon

L'épisode renvoie à l'Ancien Testament qui relate l'exode des Hébreux hors d'Égypte, talonnés par le Pharaon, souverain de ce pays. Pour protéger le peuple élu (les Hébreux), Dieu fendit la mer Rouge « et les enfants d'Israël s'engagèrent dans le lit asséché de la mer, avec une muraille d'eau à leur droite et à leur gauche » (Exode, 15-19). Se comparer à Pharaon poursuivant les Hébreux revient, pour le Mal-Aimé, à exprimer l'acharnement de sa poursuite et son caractère dérisoire : car les Hébreux, avec l'appui de Dieu, échappèrent au souverain d'Égypte.

La similitude existe aussi au niveau du décor : les murs verticaux des maisons évoquent les murailles d'eau de la Bible, tandis que leur couleur (la brique *rouge*) appelle le nom de la mer *Rouge*. Le rappel de l'histoire biblique, qui commence au niveau rationnel comme une comparaison entre les personnages (« Nous semblions », v. 8), se transforme, comme dans un rêve, en une véritable métaphore : les maisons sont l'« Onde ouverte » (v. 9). Ainsi, Apollinaire recule-t-il les limites du temps (jusqu'aux jours anciens de la Bible) et celles de l'espace (jusqu'au Proche-Orient), tout en métamorphosant la matière, à la fois liquide et solide : « ces vagues de briques » (v. 11).

L'univers irréel des affirmations : le monologue intérieur

Dans la strophe 3 de monologue intérieur, le Mal-Aimé affirme son amour et sa fidélité (comme nous l'avons vu, p. 105) : « tu [...] fus [...] bien aimée » (v. 12) et « tu [...] es [...] l'amour unique » (v. 15). Mais pour donner plus de force à ses paroles, il a recours, comme dans les jeux d'enfants, à des affirmations impossibles et données comme telles (v. 11-15) :

> Que tombent [...]
> Si tu ne fus pas [...]
> Je suis [...]
> Si tu n'es pas [...]

Or ces affirmations impossibles reprennent, et développent dans l'hyperbole (l'exagération), les termes de la comparaison précédente : « Je suis le souverain d'Égypte » (v. 13) (impossibilité d'époque et de rang social), « Sa sœur-épouse[3] » (v. 14) (impossibilité de sexe), « son armée » (v. 14) (impossibilité de nombre). De même, il apparaît impossible que tombent « ces vagues de briques »

3. Dans l'ancienne Égypte, la coutume voulait souvent que le souverain épousât sa sœur.

(v. 11), que l'on y voie les maisons londoniennes ou les murailles d'eau bibliques. En revanche, l'alliance de mots[4] « ces vagues de briques » reprend la métaphore de la strophe précédente et, comme elle, relève du monde onirique.

L'univers présurréaliste des personnifications : la deuxième rencontre

Quand le récit reprend à la strophe 4, le décor reste le même, mais le ton change. On retrouve les « façades » (v. 17 et 19) de briques qu'illuminent maintenant les « feux » (v. 17) des becs de gaz diffusant une lumière rougeâtre dans le « brouillard » (v. 18).

Mais le poète pose une équivalence (un rapport métaphorique) entre les « feux » (v. 17) des façades et les « Plaies » (v. 18) du brouillard, également rouges. Ce faisant, il personnifie la rue qui « brûl[e] » (v. 16), le brouillard « sanguinolent » (v. 18) à cause de ses « plaies » et les façades qui « se lament[ent] » (v. 19) à cause de leurs brûlures.

Animés (personnifiés), les éléments du décor participent de la déchéance de la femme saoule dont ils préparent l'apparition. Ils participent aussi de la douleur du Mal-Aimé qui leur prête des sentiments qu'il n'exprime pas lui-même. À cet égard, l'hallucination fonctionne comme un mauvais rêve ; elle prépare à la prise de conscience sur laquelle s'achèvent ces strophes : celle de « La fausseté de l'amour » (v. 25).

TROISIÈME AXE DE LECTURE
L'EXPRESSION DU LYRISME : TRADITION ET INVENTION

Qui dit lyrisme dit musique (venant de « lyre ») : ce poème s'intitule « Chanson ». Qui dit lyrisme dit aussi expression des sentiments personnels : « La Chanson » est un poème d'amour. Pourtant, Apollinaire y renouvelle sensiblement la tradition dont il se réclame, au triple plan du vers, du thème et des images, et enfin de la structure.

---

4. L'alliance de mots juxtapose des mots de sens éloigné ou contradictoire. Corneille écrit par exemple : « Cette obscure clarté ».

Les vers

Le poème est écrit en vers réguliers, de huit syllabes. L'octosyllabe est le plus ancien vers français (attesté dès la fin du xᵉ siècle et employé, sur le mode lyrique, par Villon, Corneille, Verlaine).

Ici, il donne une fluidité particulière à la phrase qui tient généralement toute la strophe, parfois deux (strophes 4 et 5). Cette fluidité est renforcée par l'absence de ponctuation[5] qui accélère la lecture et favorise l'ambiguïté : nous avons vu (pp. 105 et 107) comment, dans la strophe 1, elle se combine au rejet pour produire un effet de sens nouveau et reproduire la méprise (« Mon amour vint à ma rencontre », v. 3). Enfin, le poète, qui respecte très rigoureusement le compte des syllabes, fait preuve d'une grande liberté avec la rime. Il lui préfère souvent un système approximatif d'assonances (répétition de voyelles) et d'allitérations (répétition de consonnes) : -ondres/-ontre/-onte (v. 1, 3 et 5), -aine/-erne/-ême (v. 21, 23 et 25). Celles-ci jouent simultanément sur le double plan de la ressemblance et de la dissemblance, créant un effet musical subtil.

Images et thèmes

Si *La Chanson du Mal-Aimé* est un poème sur l'amour, la manière dont ce sentiment est traité est très neuve. Au tout début du xxᵉ siècle, la puissance dégradante de l'amour est un thème littéraire inhabituel ; les figures de prostituées et de mauvais garçons sont des personnages nouveaux dans la poésie lyrique. Tout aussi surprenant est leur rôle d'intermédiaires entre la femme aimée et le narrateur : ils facilitent la prise de conscience, par ce dernier, d'un sentiment encore inconscient (la condamnation de l'amour).

De même, la projection, sur les éléments du décor urbain, des sentiments qui se font lentement jour à la conscience du Mal-Aimé, est novatrice, le décor servant de révélateur (au sens photographique du terme) aux émotions latentes du personnage.

---

5. Rappelons qu'Apollinaire a supprimé la ponctuation sur le texte déjà imprimé du recueil, quand il a changé le titre d'*Eau-de-Vie* en *Alcools* et ajouté le poème *Zone*.

Structure : la juxtaposition

La juxtaposition des tons, des points de vue, des sentiments est un élément de modernité incontestable du poème ; c'est aussi un élément fondamental de la personnalité du Mal-Aimé. Car ce dernier passe abruptement de l'affirmation de l'amour à sa condamnation. *La Chanson* juxtapose le monologue intérieur au récit, puis le récit au monologue intérieur ; la femme aimée est tantôt « toi » (strophe 3) et tantôt « lui » (strophe 4) ; l'Égypte de Pharaon appartient tantôt à la réalité présente (Londres, dont elle est la métaphore), tantôt à l'univers irréel des affirmations impossibles (voir p. 108). En ce sens, la juxtaposition s'apparente à l'esthétique cubiste qui est en train de renouveler la vision des peintres (et dont Apollinaire va se faire le défenseur). Coïncidant avec l'évolution psychique du Mal-Aimé, elle ne paraît jamais gratuite, puisqu'elle procède d'une nécessité interne au personnage.

CONCLUSION

Dans *La Chanson du Mal-Aimé*, qui est peut-être le poème le plus mélodieux d'*Alcools*, Apollinaire réconcilie la tradition et l'invention. Ces cinq strophes, qui en constituent l'ouverture, y jouent un rôle important ; en effet, l'épisode qu'elles présentent est le point de départ d'une longue réminiscence et d'une crise violente où la fin de l'amour prend des dimensions de fin du monde.

Mais elles sont intéressantes à un autre point de vue : elles mettent complètement en œuvre ce mode de fonctionnement particulier, par contradictions et juxtapositions, qui est si caractéristique du poème. En ce sens, on peut parler de leur valeur emblématique.

Texte 4 *Marie*

Vous y dansiez petite fille
Y danserez-vous mère-grand
C'est la maclotte qui sautille
Toutes les cloches sonneront
Quand donc reviendrez-vous Marie

Les masques sont silencieux
Et la musique est si lointaine
Qu'elle semble venir des cieux
Oui je veux vous aimer mais vous aimer à peine
Et mon mal est délicieux

Les brebis s'en vont dans la neige
Flocons de laine et ceux d'argent
Des soldats passent et que n'ai-je
Un cœur à moi ce cœur changeant
Changeant et puis encore que sais-je

Sais-je où s'en iront tes cheveux
Crépus comme mer qui moutonne
Sais-je où s'en iront tes cheveux
Et tes mains feuilles de l'automne
Que jonchent aussi nos aveux

Je passais au bord de la Seine
Un livre ancien sous le bras
Le fleuve est pareil à ma peine
Il s'écoule et ne tarit pas
Quand donc finira la semaine

INTRODUCTION

Comme *Zone* et comme *Le Pont Mirabeau*, Marie (écrit en 1912) est un poème de fin d'amour, inspiré par la rupture d'Apollinaire avec la jeune peintre Marie Laurencin (→ PROBLÉMATIQUE **1, p. 8** et LECTURE **2, p. 96**). Mais le poète y mêle aussi, dans les deux premières strophes, des réminiscences d'un amour de jeunesse éprouvé pour une autre Marie, à Stavelot en Belgique, alors qu'il avait dix-neuf ans.

Nous nous attacherons d'abord à la structure du poème : l'étude de la succession des strophes montre que l'évocation de l'histoire d'amour commence par la rupture ; puis elle remonte jusqu'à sa naissance pour suivre ensuite son évolution jusqu'à sa fin. On a ainsi une composition en boucle refermée qui unit étroitement la fin et le début.

La temporalité constituera le deuxième axe de notre lecture. Nous verrons que tel *Le Pont Mirabeau*, mais aussi tel *Mai* (poème rhénan écrit en 1901-1902), *Marie* traite du passage du temps et du passage des sentiments ; nous étudierons également ce qui s'oppose à ce passage, la pérennité (l'éternité) de la peine.

Enfin, nous examinerons la vision et l'écriture apollinariennes dans leur spécificité : l'interpénétration de l'histoire individuelle et de l'histoire du monde ; le recours aux images ; un grand souci de musicalité.

PREMIER AXE DE LECTURE
LA STRUCTURE DU POÈME

Rupture, naissance, évolution, rupture

Dans ce poème, l'évocation de l'histoire d'amour commence par la fin. La première strophe s'achève sur une absence, celle de la femme aimée, Marie (dont le nom donne au poème son titre, mêlant ainsi ses deux inspiratrices). Mais cette absence n'est pas dite, elle n'est que suggérée par l'interrogation abrupte et angoissée du jeune homme : « Quand donc reviendrez-vous Marie » (v. 5).

La deuxième strophe évoque, pour sa part, les débuts de l'amour, lors d'un bal masqué. C'est un amour délibéré (« Oui je veux vous aimer », v. 9) ; il ne s'engage pas à fond (« mais vous aimer à peine », v. 9) ; il se savoure comme une friandise (« Et mon mal est délicieux », v. 10).

La troisième et la quatrième strophe marquent l'incertitude : celle du protagoniste (le jeune homme qui dit « je ») sur ses propres sentiments (« [...] que n'ai-je / Un cœur à moi ce cœur changeant / Changeant [...] », v. 13-15) ; incertitude aussi à l'égard de la jeune femme (« Sais-je où s'en iront tes cheveux [...] / Et tes mains [...] », v. 18-19) ; incertitude enfin quant au devenir des « aveux » (v. 20) d'amour qui, telles les feuilles mortes, « jonchent » (v. 20) l'automne[1].

Enfin, la cinquième strophe exprime la peine du jeune homme : « Le fleuve est pareil à ma peine / Il s'écoule et ne tarit pas » (v. 23-24) et son impatience devant l'absence de la jeune femme : « Quand donc finira la semaine » (v. 25).

Une composition en boucle fermée

Ce poème commence par la fin de l'histoire qu'il évoque ; puis il en retrace chronologiquement les étapes, depuis la naissance de l'amour jusqu'à la divergence des sentiments dans le couple ; la femme s'en va, l'homme la regrette. Ainsi, l'interrogation qui clôt la première strophe : « Quand donc reviendrez-vous Marie » (v. 5), fait logiquement suite à celle sur laquelle s'achève le poème : « Quand donc finira la semaine » (v. 25).

On est alors en droit de parler de composition en boucle fermée ou circularité : c'est un schéma fréquent de l'écriture apollinarienne, celui par lequel le début d'une œuvre s'articule, logiquement et chronologiquement, à son dénouement (→ PROBLÉMATIQUES 3, p. 38 et LECTURES 2, p. 100 et 5, p. 126).

1. « Et tes mains feuilles de l'automne / Que jonchent aussi nos aveux » (v. 19-20). *Que,* pronom relatif, a pour antécédent *automne. Aussi* renforce le lien entre les mains qui sont des feuilles et les aveux qui jonchent l'automne.

DEUXIÈME AXE DE LECTURE
LA TEMPORALITÉ :
PASSAGE ET PÉRENNITÉ

Passage du temps, passage des sentiments

Dès ses deux premiers vers :

> Vous y dansiez petite fille
> Y danserez-vous mère-grand

le poème s'inscrit dans le temps, c'est-à-dire dans un mouvement irréversible où tout passe. Apollinaire y évoque deux moments éloignés de la vie de Marie, son passé de « petite fille », son avenir lointain de « mère-grand » (grand-mère). L'interrogation, dans la reprise du verbe (« Vous y dansiez », « Y danserez-vous »), marque dès le début l'incertitude, donc la fragilité caractérisant les entreprises et les projets humains.

La strophe 2, qui évoque un moment de parfait bonheur, est située, exceptionnellement, hors du temps, ce qui est significatif. Le poète fait revivre sous nos yeux le bal masqué et l'aveu qui appartiennent en fait au passé. L'emploi du présent accentue l'aspect intemporel de la scène, en l'absence de toute image suggérant le passage.

Au contraire, dès la strophe 3, les deux cortèges – « Les brebis s'en vont dans la neige » (v. 11), « Des soldats passent » (v. 13) – évoquent, de manière figurative, le lent cheminement qui altère les sentiments et mène l'être humain vers sa vieillesse.

De même, la double interrogation de la strophe 4 exprime le passage de l'amour et la divergence du chemin des amants (v. 18-20) :

> Sais-je où s'en iront tes cheveux
> Et tes mains feuilles de l'automne
> Que jonchent aussi nos aveux

Ces vers s'inscrivent dans le cycle des saisons, fondé sur le passage. L'automne y est associé implicitement à la mort : celle des feuilles, des caresses (« mains »), des « aveux » et des serments[2].

---

2. C'est une association très fréquente chez Apollinaire ; dans *Signe*, par exemple : « Mon Automne éternelle ô ma saison mentale / Les mains des amantes d'antan jonchent ton sol ».

Pérennité de la peine

En revanche, la dernière strophe qui explicite le passage : « Je passais au bord de la Seine » (v. 21), exprime une idée plus complexe. C'est celle de la pérennité des sentiments, de la peine en particulier qui, paradoxalement, passe et demeure entière : « Le fleuve est pareil à ma peine / Il s'écoule et ne tarit pas » (v. 23-24).

Ce concept apparaît comme une hyperbole (une exagération expressive) de celui de la permanence que l'on trouve dans *Le Pont Mirabeau* (→ LECTURE 2, p. 98) et dans *Mai*. Dans un autre poème, Apollinaire, pour exprimer la pérennité de la peine, a recours à l'image des Danaïdes[3] : selon la mythologie gréco-latine, ces jeunes femmes, condamnées à verser de l'eau dans un tonneau sans fond, expient pour l'éternité le meurtre de leurs époux.

Ici, comme à la strophe 4 à propos de l'automne, Apollinaire inscrit le destin de l'amant (sa peine sans fin) dans un ordre universel et naturel (le cours du fleuve intarissable).

TROISIÈME AXE DE LECTURE
L'ART D'APOLLINAIRE

L'interpénétration de l'histoire individuelle et de l'histoire du monde

Nous avons vu comment Apollinaire inscrit son histoire d'amour dans le cycle des saisons et rattache son destin d'amant à l'ordre universel de la nature. Inversement, nous allons étudier comment il enrichit l'univers relativement limité de la poésie élégiaque (→ LECTURE 2, p. 96), en y faisant entrer le monde entier.

Il introduit d'abord la nature dans ce poème. Elle est représentée par les saisons (l'hiver : « la neige », v. 11 ; « l'automne », v. 19) et par les forces naturelles (la « mer », v. 17 ; « Le fleuve », v. 23)[4].

3. Dans *La Chanson du Mal-Aimé*, il écrit : « Mon cœur et ma tête se vident / Tout le ciel s'écoule par eux / Ô mes tonneaux des Danaïdes » (strophe 31).
4. Voir aussi, à propos des images, ce qui est dit du portrait de Marie page 117.

Il y introduit ensuite la culture. C'est d'abord la culture populaire avec « la maclotte » (v. 3) qui est une danse populaire belge, puis avec « Les masques » et « la musique » du bal masqué (v. 6-7), issus de la tradition du carnaval. C'est ensuite une culture plus savante, avec le « livre ancien » du vers 22. Simultanément, « la maclotte » puis « la Seine » (v. 21) connotent (suggèrent) des lieux de culture : la Belgique, Paris.

Les images

Les images sont une autre façon d'enrichir l'élégie. Considérons d'abord la double métaphore des vers 11-12 :

> Les brebis s'en vont dans la neige
> Flocons de laine et ceux d'argent

Apollinaire y part d'une impression visuelle : celle du blanc (« Les brebis ») sur du blanc (« la neige »). Dès lors, il englobe dans un même syntagme (« Flocons de [...] et ceux d[e] [...] ») la *laine* et la *neige*. L'expression « Flocons de laine » est une métaphore, puisque « Flocons » y fait image, suggérant la ressemblance de la laine à la neige (les brebis sont implicitement comparées à des flocons). En revanche, quand il évoque la neige, Apollinaire emploie le terme approprié « Flocons », relayé par « et ceux » ; c'est la substitution d'« argent » à « neige » qui crée la métaphore, selon une association que l'on retrouve aussi dans *La Chanson du Mal-Aimé*[5].

Aux vers 16-17, la comparaison :

> [...] tes cheveux
> Crépus comme mer qui moutonne

dérive d'une analogie : les très petites ondulations des cheveux (« crépus ») font penser aux ondulations de la mer se couvrant de vagues écumeuses ou « moutons ». Par ailleurs, le cliché « mer qui moutonne » (qui se couvre de moutons) se trouve renouvelé[6] par la proximité des « brebis » du vers 11. Celles-ci étaient associées à un

5. « La neige aux boucliers d'argent » (strophe 39). Apollinaire associe volontiers la neige et l'argent à la mort (suggérée dans Marie par les « soldats [qui] passent », v. 13).
6. C'est-à-dire que la métaphore, usée, retrouve toute sa valeur.

thème du passage des sentiments, comme le sont ici les cheveux comparés à la « mer qui moutonne ».

Nous avons expliqué (p. 114, note 1) la métaphore des « mains feuilles de l'automne ». Notons que le portrait de Marie n'est esquissé qu'à travers les références à la nature.

La musicalité

La musicalité apparaît dans le rythme, les allitérations et le débordement de la phrase sur le vers.

Les premiers vers du poème imitent, par exemple, le rythme de « la maclotte qui sautille » (v. 3) selon un schéma qui répartit les accents sur la première, la quatrième, la sixième et la huitième syllabe (v. 4) :

> Tóutes les clóches sónnerónt

Le dernier octosyllabe, porteur de l'interrogation essentielle, paraît au contraire allongé (v. 5) :

> Quand dónc reviendrez-vóus Marí́e

ce qui traduit l'accablement du jeune homme esseulé.

La deuxième strophe, consacrée à une fête presque onirique (de rêve), où la musique joue un grand rôle, est marquée par une allitération en [s], [z], [i] (v. 6 à 8) :

> Les ma*s*ques *s*ont *si*len*ci*eux
> Et la mu*si*que est *si* lointaine
> Qu'elle *s*emble ven*i*r des *ci*eux

L'effet de douceur est renforcé par la diérèse[7] à la rime (v. 6 et 10) qui ralentit la diction du vers, et accompagne l'allongement du vers 9 :

> Oui je veux vous aimer mais vous aimer à peine

seul alexandrin dans un poème composé d'octosyllabes, et porteur du message d'amour.

---

7. La diérèse fait prononcer comme deux syllabes deux voyelles consécutives (silenci-eux, délici-eux).

Enfin, les strophes 3 et 4, consacrées au passage du temps et des sentiments, et déjà proches par les images, sont marquées par le débordement de la phrase sur le vers et sur la strophe. La phrase déborde d'abord sur le vers (v. 13-15) :

> [...] et que n'ai-je
> Un cœur à moi ce cœur changeant
> Changeant [...]

puis elle déborde sur la strophe (v. 13-15) :

> [...] et puis encore que sais-je
> Sais-je où s'en iront tes cheveux

Cette inadéquation de la phrase et du vers assure une grande fluidité à la diction du vers ; elle donne une impression de rapidité, que renforcent les répétitions (« changeant / Changeant », « sais-je / Sais-je »), comme pour suggérer aussi la rapidité des changements dans les sentiments humains.

CONCLUSION

Poème de fin d'amour, *Marie* est une œuvre élégiaque marquée par une tristesse diffuse émanant des thèmes abordés : le passage du temps et l'altération des sentiments humains. Poème de tradition lyrique, il utilise une strophe et un mètre semblables à ceux de *La Chanson du Mal-Aimé* : le quintil (strophe de cinq vers) d'octosyllabes (« *octo* » signifie « huit »). Mais c'est aussi un poème moderne, systématisant la juxtaposition des scènes dans le temps et l'espace. Par ce trait, constitutif de son écriture, le poète Apollinaire se montre proche des peintres cubistes (Picasso, Braque) dont il est devenu l'ami et dont il défend l'esthétique : la juxtaposition d'un très grand nombre de points de vue sur la même personne (chez Picasso, la représentation d'un visage de face et de profil dans un seul portrait).

Texte 5 | *Nuit rhénane*

Mon verre est plein d'un vin trembleur comme une flamme
Écoutez la chanson lente d'un batelier
Qui raconte avoir vu sous la lune sept femmes
Tordre leurs cheveux verts et longs jusqu'à leurs pieds

Debout chantez plus haut en dansant une ronde
Que je n'entende plus le chant du batelier
Et mettez près de moi toutes les filles blondes
Au regard immobile aux nattes repliées

Le Rhin le Rhin est ivre où les vignes se mirent
Tout l'or des nuits tombe en tremblant s'y refléter
La voix chante toujours à en râle-mourir
Ces fées aux cheveux verts qui incantent l'été

Mon verre s'est brisé comme un éclat de rire

INTRODUCTION

Nuit rhénane, comme *Mai*, appartient à la suite des *Rhénanes*. Ce sont neuf poèmes inspirés par le séjour d'Apollinaire au bord du Rhin et, de manière allusive, par son amour pour Annie Playden (→ PROBLÉMATIQUE **1, p. 6 et** LECTURE **3, p. 104**). La spécificité de *Nuit rhénane* tient à sa mise en œuvre de figures empruntées à la mythologie germanique, les Ondines. Elles ont une séduction certaine et un pouvoir maléfique qui entraînent le poète dans un univers surnaturel inquiétant.

Nous étudierons tout d'abord la progression dramatique, remarquable dans un poème où rien ne se passe jusqu'au dernier vers.

Puis nous analyserons l'expression des diverses manifestations du surnaturel. Enfin, nous nous attacherons, au double plan de l'énoncé et de l'énonciation, à la puissance magique du verbe : sur le plan de l'énoncé, à la magie du chant du batelier dans le poème ; sur le plan de l'énonciation, à la magie dans l'écriture d'Apollinaire.

PREMIER AXE DE LECTURE
LA PROGRESSION DRAMATIQUE

Strophe 1

Le poème s'ouvre sur l'évocation d'une scène paisible dans un cabaret, le soir au bord du Rhin, comme l'indique le titre : *Nuit rhénane*. Le protagoniste – le personnage qui dit « je » et qui, dès le deuxième vers, nous invite à partager ses impressions (« Écoutez ») – contemple son verre empli de vin en écoutant « la chanson lente d'un batelier » (v. 2). Ce dernier célèbre l'apparition de « sept femmes » aux « cheveux verts » (v. 3-4), Ondines que la mythologie germanique fait vivre au fond des fleuves dans un palais de cristal où elles attirent et gardent prisonniers pêcheurs et chevaliers.

Strophe 2

Abruptement, la deuxième strophe exprime l'effroi du protagoniste. S'adressant cette fois à ses compagnons de boisson : « Debout chantez plus haut en dansant une ronde » (v. 5), il révèle que c'est précisément « le chant du batelier », avec les Ondines qu'il décrit, qui provoque sa frayeur. Et il tente de conjurer leur puissance maléfique en s'entourant de jeunes filles ordinaires, « blondes » (v. 7), inexpressives (« Au regard immobile », v. 8) et sages (« aux nattes repliées », v. 8).

Strophe 3

La troisième strophe marque encore une progression dans l'ordre de l'étrange et de l'inquiétant. Le jeune homme (le protagoniste) y découvre l'ivresse du fleuve lui-même ; et la répétition (« Le Rhin le

Rhin est ivre », v. 9) traduit justement son saisissement et son appréhension que partagent aussi les étoiles (« l'or des nuits », v. 10) qui « tombe[nt] en tremblant [se] refléter » (v. 10) dans le Rhin.

Au chant du batelier est associé un thème de mort (« à en râle-mourir », v. 11) tandis que se révèle la nature véritable des Ondines : ce sont des sorcières jeteuses de sorts (« incantent », v. 12).

Strophe 4

La quatrième strophe, constituée d'un seul alexandrin, contraste par sa brièveté avec les quatrains précédents. Elle traduit précisément l'éclatement inattendu du verre : « Mon verre s'est brisé comme un éclat de rire » (v. 13), comme sous l'effet des sorts jetés par les « fées aux cheveux verts » (v. 12) de la strophe précédente ou de la chanson qui les célèbre.

L'absence de commentaire prouve la stupeur du protagoniste atterré par le triomphe du surnaturel. Le poème s'achève de manière abrupte, laissant le lecteur partager l'incrédulité du jeune homme.

DEUXIÈME AXE DE LECTURE
L'EXPRESSION DU SURNATUREL

Le surnaturel apparaît ici de différentes façons. Il se manifeste d'abord, de façon explicite, dans la chanson du batelier consacrée aux Ondines (strophes 1 et 3). Il se dévoile aussi dans l'animation de la nature (le Rhin, les vignes, les étoiles, strophe 3). Il se révèle enfin avec l'éclatement du verre (strophe 4) qui nous amène à réexaminer le tout premier vers du poème.

Le surnaturel dans la chanson du batelier (strophes 1 et 3)

Le chant du batelier se présente dès l'abord comme un témoignage : « Qui raconte *avoir vu* » (v. 3).

Néanmoins, son récit s'inscrit d'emblée dans un contexte qui indique la nature véritable des ensorceleuses. Se réunissant de nuit et « sous la lune » (v. 3), astre traditionnellement maléfique, elles sont

« sept » (v. 3) (nombre magique) et leurs cheveux sont « verts » (v. 4). Cette couleur révèle leur nature et leur origine : ce sont des Ondines, sorcières vivant au fond du Rhin (voir p. 120). Leur chevelure verte se confond avec l'eau du fleuve qui l'imprègne ; c'est pourquoi, au sortir du Rhin, elles doivent la « Tordre » (v. 4).

Par ailleurs, elles possèdent un élément quasi irrésistible de séduction auprès des hommes : ces cheveux « longs jusqu'à leurs pieds » (v. 4) auxquels le protagoniste oppose, pour se garder d'elles, les rassurantes « nattes repliées » (v. 8) des « filles blondes » (v. 7) de la réalité.

Apollinaire n'insiste pas, dans ce poème, sur leur capacité à attirer, puis à retenir, les hommes au fond de l'eau. Néanmoins, il associe un thème de mort (« à en râle-mourir ») à la voix qui les célèbre (v. 11-12) :

> La voix chante toujours à en râle-mourir
> Ces fées aux cheveux verts [...]

Et il n'hésite pas à nommer leur activité surnaturelle, elles « incantent [ensorcellent] l'été » (v. 12), même s'il emploie pour cela un mot vieilli, étranger à l'état actuel de notre langue[1].

Le surnaturel dans le paysage (strophe 3)

Les deux premiers vers de la strophe 3, consacrés au paysage, présentent une autre sorte de surnaturel. Son ressort principal, fréquent dans la poésie d'Apollinaire, est l'animation des éléments de la nature : le fleuve est « ivre », les vignes s'y « mirent » (s'y regardent comme dans un miroir) et « l'or des nuits [les étoiles] tombe en tremblant s'y refléter ». Deux images importantes se dégagent : celle de la toute-puissance du regard (« se mirent », « tombe [...] [se] refléter ») et celle du tremblement (« tombe en tremblant »).

1. « Incanter » est un verbe ancien, que nous retrouvons dans la racine d'« incantation » (usage de paroles magiques) et dont nous connaissons le doublet et synonyme « enchanter » (jeter des sorts).

La toute-puissance du regard

Au vers 9 : « Le Rhin le Rhin est ivre où les vignes se mirent », la postposition de la subordonnée relative (« où les vignes se mirent »), après le verbe et loin de son antécédent (« le Rhin »), met cette subordonnée en relief et suggère un lien de cause à effet : c'est *parce que* les vignes s'y mirent que le fleuve est ivre.

De la même façon, le vers 10, « Tout l'or des nuits tombe en tremblant s'y refléter », reprend l'image du miroir en lui associant celle d'une chute provoquée par une vision dans l'eau (comme dans *La Loreley*[2]).

Dans ce contexte, le regard paraît doué d'une puissance magique et parfois dangereuse : on comprend pourquoi le protagoniste, cherchant à se protéger des Ondines, appelle à son secours des filles « Au regard immobile » (v. 8).

Le tremblement

Toujours dans ce contexte d'animation des éléments de la nature, le tremblement des étoiles se reflétant dans le fleuve (v. 10).

> Tout l'or des nuits tombe en tremblant s'y refléter

acquiert une valeur d'effroi dont nous verrons qu'elle touche aussi le vin au fond du verre dans le cabaret.

Le surnaturel dans le cabaret (strophes 1 et 4)

Nuit rhénane s'achève, au treizième vers (treize est un nombre magique), par l'éclatement inexpliqué du verre :

> Mon verre s'est brisé comme un éclat de rire

La comparaison (« comme un éclat de rire ») suggère, au-delà de l'impression auditive (le bruit du verre se brisant), une réaction

2. *La Loreley* est un des poèmes rhénans comme *Nuit rhénane* et *Mai*. Apollinaire y met en scène « une sorcière blonde » dont les « yeux sont maudits » et qui « tombe dans le Rhin » : « Pour avoir vu dans l'eau la belle Loreley / Ses yeux couleur du Rhin ses cheveux de soleil ». En fait, l'image du regard tout-puissant est liée au souvenir d'Annie et à ses yeux de sorcière : « Ses regards laissaient une traîne / D'étoiles dans les soirs tremblants » (*La Chanson du Mal-Aimé*, strophe 29).

méchamment moqueuse, une sorte de ricanement sardonique marquant le triomphe des forces surnaturelles sur la réalité paisible des buveurs. Du coup, le bris du verre authentifie la réalité des Ondines, donc la véracité du témoignage du batelier.

Par ailleurs, cet éclatement amène à réinterpréter dans le premier vers du poème, l'épithète « trembleur ». Car, au-delà de l'impression visuelle (le reflet de la flamme d'une bougie, par exemple), l'adjectif, qui ne s'emploie que pour des êtres animés[3], personnifie le vin. Ce dernier tremble (comme au vers 10, « l'or des nuits ») parce qu'il entre en contact avec le surnaturel : les Ondines dont il redoute, à juste titre, la puissance maléfique.

TROISIÈME AXE DE LECTURE ÉNONCÉ ET ÉNONCIATION : LA PUISSANCE MAGIQUE DU VERBE

On remarque le lien étroit entre le surnaturel et ce que nous appelons le Verbe et qui recouvre ici le chant, le râle (v. 11), le fait de nommer (v. 12) et la poésie. Nous examinerons donc, sur le plan de l'énoncé (de l'histoire racontée), tout ce qui relève de la toute-puissance du Verbe ; puis nous verrons, au niveau de l'énonciation (manière dont Apollinaire raconte l'histoire), ce qui reflète la magie.

La toute-puissance du Verbe dans l'histoire racontée

Nous l'avons dit déjà, les Ondines n'apparaissent dans le poème qu'à travers la chanson du batelier. Pourtant, d'emblée, celle-ci suscite de l'effroi chez le protagoniste. Pour se défendre, il a recours à deux parades également inefficace : l'appel aux « filles blondes » (v. 7) de la réalité ; le recours à un chant quasi enfantin (« une ronde » v. 5) pour couvrir le chant envoûtant et se protéger en s'enfermant dans un cercle magique, comme s'il était en danger.

3. « Trembleur », en fonction adjectivale, est d'un emploi vieilli (attesté au XVIIe siècle, puis chez Apollinaire dans ce poème) ; il ne s'emploie que pour des êtres animés.

Pareillement, le tremblement du vin (v. 1), puis celui des étoiles (v. 10), peut s'expliquer par leur frayeur à entendre « la chanson lente » (v. 2). Car le poème juxtapose de la même façon dans les deux strophes le tremblement au chant : « [...] un vin *trembleur* comme une flamme / Écoutez la *chanson* lente [...] » (v. 12) ; « [...] tombe en *tremblant* s'y refléter / La voix *chante* toujours [...] » (v. 10-11).

Enfin la comparaison des vers consacrés à ce chant (v. 2-4, 10-11) fait apparaître une évolution significative. Alors qu'à la strophe 1, la chanson se borne à décrire des « femmes » aux « cheveux verts » (v. 3-4), elle les nomme à la strophe 3 : ce sont des « fées » (v. 12) ; et elle nomme aussi leur activité de sorcellerie : elles « incantent » (ensorcellent) (v. 12).

C'est alors que le verre se brise, comme pour rompre l'envoûtement, ou pour protéger le secret (la nature des « fées »), ou en réponse à une incantation.

La magie dans l'écriture et la composition du poème

La composition

Le poème est composé en boucle. Il débute et se termine par un vers consacré au devenir du « verre ». Cette boucle reproduit très précisément l'image de la « ronde » (v. 2) appelée pour servir d'antidote à la séduction des Ondines. *Nuit rhénane* est, en quelque sorte, une « ronde » qui permet de se protéger de ces « fées » tout en les célébrant.

Les correspondances

Les images consacrées au verre de vin (v. 1) trouvent leur correspondant dans celles qui décrivent la nature (v. 9-10) : le « verre est plein d[e] vin » / « le Rhin est ivre » ; le vin tremble / les étoiles tremblent ; le vin est comme une flamme / les étoiles sont de l'or (analogie de couleur).

De même, le destin du chanteur (le batelier) s'apparente à celui du Rhin et à celui des étoiles soumis à la toute-puissance du regard (voir p. 124). C'est pour « *avoir vu* sous la lune sept femmes » (v. 3) qu'il est contraint de les chanter, réduit peu à peu à sa seule « voix » (v. 11), puis à un « râle » (v. 11) qui annonce la mort (voir plus bas).

Ainsi Apollinaire suggère-t-il un univers où les frontières disparaissent entre l'animé et l'inanimé, entre l'objet et la nature. Effet d'ivresse ? Effet de magie ? On est tenté de répondre, et cela revient au même, effet de poésie, car l'ivresse est toujours poétique chez lui, et nous avons vu que le Verbe est magique.

Les mots rares

Ils sont associés au vin (« trembleur », v. 1), au chant (« râle-mourir », v. 11), à la magie (« incantent », v. 12). Le premier (« trembleur ») se comprend aisément (voir p. 125). Le deuxième, création d'Apollinaire, associe de façon expressive le son du « chant » du moribond (« râle ») au verbe qui décrit son état (« mourir »). Le troisième (« incantent ») est plus subtil (voir p. 123, note 1) : on y retrouve la racine latine *cantare* qui a aussi donné « chanter ». Or ce verbe se trouve au vers précédent : « La voix chante toujours » (v. 11), associé à « râle-mourir ». On voit comment Apollinaire rappelle ainsi la parenté entre « chanter » et « enchanter » et comment, ayant lié ainsi poésie et magie, il souligne ce lien en employant des mots étrangers à la langue que nous parlons.

L'attention prêtée aux mots rares permet de délimiter, ici, le champ sémantique de la poésie : le vin et la flamme (l'inspiration, la brûlure), le chant, la magie.

CONCLUSION

Nuit rhénane est en fait un poème très complexe : il entraîne le lecteur dans une série d'interprétations que remettent en cause, à chaque fois, le bris du verre qui le clôt. Rêverie dramatique née des vapeurs du vin, chanson glorifiant des sorcières à la fois belles et dangereuses, évocation voilée d'une femme aimée et cruelle, *Nuit rhénane* est certainement tout cela. Mais plus encore, ce poème célèbre l'action magique par excellence, la création poétique qui renouvelle le monde. En ce sens, le bris du verre symbolise l'irruption de la poésie dans la réalité banale qu'elle fait voler en éclats.

Bibliographie

OUVRAGES GÉNÉRAUX SUR APOLLINAIRE

- BORDAT Denis et VECK Bernard, *Apollinaire*, Éd. Hachette, 1983.
- DÉCAUDIN Michel, *Apollinaire*, Librairie Séguier, 1986.
- OSTER Daniel, *Guillaume Apollinaire*, coll. « Poètes d'aujourd'hui », Éd. Seghers, 1976.
- PIA Pascal, *Apollinaire* par lui-même, coll. « Écrivains de toujours », Éd. du Seuil, 1954.

ÉTUDES SUR *ALCOOLS* ET SUR L'ENSEMBLE DE L'ŒUVRE

- BURGOS Jean, DEBON Claude et DÉCAUDIN Michel, *Apollinaire, en somme*, coll. « Littérature de notre siècle » n° 7, Éd. Champion, Paris, 1998.
- CAMPA Laurence, *L'Ésthétique d'Apollinaire*, Éd. SEDES, Paris, 1996.
- DÉCAUDIN Michel, *Le Dossier d'Alcools*, Éd. Droz, 1960, 1965.
- DURRY Marie-Jeanne, *Guillaume Apollinaire – Alcools*, Éd. SEDES, 1956, 1964, 3 volumes.
- LOCKERBIE S. I., « *Alcools* et le symbolisme », *Guillaume Apollinaire 2 (La Revue des Lettres Modernes)*, 1963, pp. 5-40.
- PHALESE Hubert (de), *Quintessence d'Alcools (le recueil d'Apollinaire à travers les nouvelles technologies)*, Éd. Nizet, Paris, 1996.
- RENAUD Philippe, *Lecture d'Apollinaire* Éd. de L'Âge d'Homme, Lausanne, 1969.
- RENAUD Philippe, *Les Trajets du Phénix – de* La Chanson du Mal-Aimé *à l'ensemble d'Alcools*, Éd. des Lettres Modernes, 1983, Archives, n° 8.
- TOURNADRE Claude, *Les Critiques de notre temps et Apollinaire*, Éd. Garnier, 1971.

LES APPROCHES STYLISTIQUES DE L'ŒUVRE

- BUTOR Michel, « Monument de rien pour Apollinaire », *Répertoire III*, Éd. de Minuit, 1968.
- CHEVALIER Jean-Claude, Alcools *d'Apollinaire – essai d'analyse des formes poétiques*, Éd. des Lettres Modernes, 1970.
- COQUET Jean-Claude, « Poétique et linguistique », A.-J. Greïmas et al., *Essais de sémiotique poétique*, Éd. Larousse, 1972.
- MORHANGE-BÉGUÉ Claude, La Chanson du Mal-Aimé *d'Apollinaire – essai d'analyse structurale et stylistique*, Éd. des Lettres Modernes, 1970 ; « Reprint érudition poche », Minard, 1983.

Achevé d'imprimer par Black Print CPI Iberica S.L.U - Espagne
Dépôt légal 05470-7/01 - juin 2019